Ruth Maria Kubitschek

Sterne über der Wüste

Ruth Maria Kubitschek

Sterne über der Wüste

Roman

Langen*Müller*

Quellen:

Idris Shah, Die Sufis, 1998, Diederichs Verlag, München, in der Verlagsgruppe Random House
Reshad Feild, Ich ging den Weg des Derwisch, Düsseldorf/Köln 1977

1. Auflage Juni 2011
2. Auflage August 2011
3. Auflage August 2011

Besuchen Sie uns im Internet unter
www.langen-mueller-verlag.de

© 2011 Langen*Müller* in der
F. A. Herbig Verlagsbuchhandlung GmbH, München
Alle Rechte vorbehalten
Schutzumschlag: Wolfgang Heinzel
Satz: Ina Hesse
Gesetzt aus: 12/16 pt. GaramondBQ
Druck und Binden: GGP Media GmbH, Pößneck
Printed in Germany
ISBN 978-3-7844-3274-8

Meiner Luiselein gewidmet!

Kommt, kommt, wer ihr auch sein mögt,
Wanderer, Anbeter, alle, die ihr den Abschied liebt –
Es ist ganz gleich.
Kommt, auch wenn ihr eure Schwüre schon
tausendfach gebrochen habt.
Unsere Karawane heißt nicht Verzweiflung –
Kommt, und noch einmal kommt!

Mevlana Celaleddin Rumi

1

*Die Menschen bereuen ihre Sünden,
der Auserwählte bereut seine Unachtsamkeit.*

Dhu'l-Nun Misri

»Sophie, wo bist du?« Muads warme, tiefe Stimme tönte durch die große Kasbah. »Sophie, bitte antworte!«, rief er erneut.

»Ich bin im Zimmer von Helena, um ihr gute Nacht zu sagen«, rief Sophie zurück.

»Hast du Lust, mit mir den Abendhimmel zu genießen?«

»Ja, natürlich, in zehn Minuten bin ich bei dir auf dem Dach.« Sophie war immer noch eine aparte Erscheinung, mit einem weichen Frauengesicht, hellen Haaren und außergewöhnlich grünen Augen, die aus einem tief gebräunten Gesicht strahlten, als ob sie von innen beleuchtet würden. Ihr Alter konnte man schwer schätzen.

Sie umarmte ihre Enkelin Helena, die gestern aus Wien in der Wüste Marokkos angekommen war.

Im Gegensatz zu ihrer Großmutter hatte sie langes dunkles Haar, das ihr junges frisches Mädchengesicht umrahmte. Schokoladenfarbene Augen, die lustig und offen in die Welt blickten, lächelten spöttisch ihre Großmutter an.

»Du kannst ruhig zu Muad gehen, ich bin groß genug, um allein ins Bett zu finden.«

»Das nehme ich an«, antwortete Sophie humorvoll. »Ich habe dir das Buch *Der Kosmos der Sterne* für die Nacht mitgebracht. Vielleicht schaust du dir es an. Muad würde sich freuen, wenn du ihm einfach ein paar Fragen über seine geliebten Sterne stellen würdest. Die Sternwarte auf dem Dach ist für deinen Großvater mehr als ein Hobby. Du musst wissen, er bittet mich sehr selten, an seinen nächtlichen Abenteuern mit dem Sternenhimmel teilzuhaben. Es ist absolut sein Reich. Ich fühle mich geehrt, dass ich heute dabei sein darf.« Sie blickte zärtlich ihre Enkelin an. »Gute Nacht, mein Kind! Ich bin sehr glücklich, dich mal wieder hier zu haben. Schade, dass dein Vater nicht mitkommen konnte. In der letzten Zeit haben wir uns alle zu selten gesehen.«

»Aber Omi, Papa kann ja von der Klinik nicht so einfach weg wie ich aus der Schule.« Mit funkelnden Augen blickte Helena ihre Großmutter an. »Du und Großvater, ihr seid ja völlig out, jenseits von Gut und Böse. Aber Vater steht noch im Arbeitskampf.« In diesem Moment schaute Sophie in die Augen von Tarik.

»Helena, mein Kind, ich habe hier, fern von jeglicher Kultur, längst vergessen, dass wir out sind«, amüsierte sich Sophie. »Schlaf gut und träum schön. Du kannst heute Nacht ruhig das Fenster offen lassen, die Fliegen kommen erst um sieben Uhr in der Früh.« Sie ging in ihr Zimmer, um sich einen Schal zu holen, die Wüstennächte jetzt im Oktober wurden schon kühl.

Auf dem Weg dachte sie, dass die Ähnlichkeit Helenas mit Tarik auch Muad aufgefallen sein müsste. Die prächtige Terrasse auf dem Dach der Kasbah, die sich über das ganze Haus ausbreitete, hatte Muad zu einer privaten Sternwarte mit kostbaren Geräten ausgestattet. Der freie Blick über den Wüstenhimmel, ohne Lichter einer Stadt, war geradezu ideal, um die Bewegungen der Sterne zu beobachten. Muad sprach mit den Sternen. Selten lud er Sophie dazu ein. Er verbrachte viele Nächte da oben, um nach einem ausgeklügelten System die Sterne zu fotografieren. Da aber die Belichtung Stunden dauerte, um die Sterne so nahe wie möglich heranzuholen, schlief er oft auch dort.

Sophie fand Muad in der Mitte der Terrasse stehend, ruhig, fast meditativ den Sternenhimmel betrachtend. Er wirkte wie eins mit allem, was ihn umgab. Sophie blieb still stehen und betrachtete diesen immer noch schönen Mann, der ihr Mann war. Sein weißes Haar war noch in aller Fülle vorhanden. Sein männliches Gesicht zeigte noch die ursprünglich bäuerliche Abstammung der Berber, war aber durchglüht vom Geist seiner Seele. Sophie hatte auch heute immer noch das Gefühl, dass er, wenn er sie anblickte, tief in ihr Inneres schaute.

Es war eine klare Nacht, und der Sternenhimmel wölbte sich über ihnen wie ein kostbares indigofarbenes Gewand, mit funkelnden Brillanten durchwoben. Muad bemerkte sie, fasste nach ihrer Hand, und sie setzten sich in ganz breite Eisensessel. So verbunden, tauchten sie in die Stille der Wüstennacht ein.

Ob sie Muad erzählen sollte, dass ihre Enkelin sie beide als out und als jenseits von Gut und Böse bezeichnete?, überlegte Sophie. Sie wusste, dass weder Muad noch sie bestimmt nicht out waren; auch nicht jenseits von Gut und Böse, da es für sie nichts Gutes oder Böses gab.

Muad war bisher nicht nur ihr Mann, sondern auch ihr Lehrmeister. Muad selbst war ein Sufi-Meister, der über den Dogmen der Religionen stand. Obwohl er im Islam beheimatet war, lebte er in Frieden mit allen anderen Religionen, die er als junger Mann in Indien gelebt und studiert hatte. Seine Wahrnehmung war umfassend, und sie hatte das Gefühl, dass er hinter die Nebelwand sah, die uns von der geistigen Welt trennt. Die Menschen teilen durch ihr Denken die Welt in Gut und Böse ein. Muad stand über jeglicher Beurteilung.

»Du, meine liebe Sophie«, sagte er eines Tages, »du bist auf einem anderen Pfad in diesem Leben. Es ist nicht deine Aufgabe, auch nicht ansatzweise, den Weg eines Sufis zu gehen.«

Sie würde Helena erklären, dass man in der Wüste leben konnte, abseits zwar, aber man trotzdem mit dem Puls des Lebens verbunden war.

Die Ausbildung der jungen Menschen zu Sufis bei Muad war hart und führte die Schüler oft an ihre Grenzen. Er lehrte sie, ihre eigenen inneren geistigen Kräfte zu erkennen, zu erwecken, um diese dann zu einer neuen Energie zu bündeln. Muad zwang sie durch eine geistige Waschmaschine, um das allgemeine Haften an weltlichen Dingen zu lösen. Alles Trennende und Beurteilende in den Gedanken und Gefühlen sowie die verschiedenen Dogmen der Religionen wurden so aus ihnen herausgespült. Mit einem geistigen Sandstrahler reinigte er ihr Ego und heiligte es – dieses Ego, das wir zum »Überleben« brauchen. Er lehrte sie, es nicht wegzusperren und zu verachten, sondern es jeden Tag aufs Neue Gott zu übergeben. Derzeit lebten sechs Schüler bei ihnen, ihre Ausbildung war fast beendet. Sophie dachte mit Bedauern daran, dass diese jungen Männer sie bald verlassen würden.

Und wieder umfing Sophie die Stille, die sie oft als beunruhigend empfand. Die Stille tönte für sie und ließ sie nachts nicht schlafen. Sie dachte an den Titel eines Buches, *Der Donner der Stille*, welches sie irgendwann gelesen hatte. Hier auf der Terrasse der Kasbah, inmitten der marokkanischen Wüste, umgab sie beide der Donner der Stille.

Langsam wanderte ihr Blick in die Weite des sichtbaren Himmels. Geblendet von dem Licht der Milchstraße, die sich über ihr erstreckte, musste sie die Augen schließen. So viel Licht, so viele Sterne am Himmel machten es unmöglich, ein einzelnes Sternbild zu erkennen. Muad hatte ihr erklärt, dass unser Sonnensystem ein Teil der Milchstraße sei. Diese bestünde aus zwanzig oder mehr Millionen Sonnen innerhalb unserer eigenen Galaxie. Die nächste Galaxie Andromeda sei zwei Millionen Lichtjahre entfernt.

Für Sophie war dieses Sternenwunder nach wie vor unbegreiflich, und sie zog es vor, einfach die Schönheit des nächtlichen Himmels zu genießen.

Muad unterbrach die Stille. »Schau nach rechts, Sophie.

Siehst du den Jupiter, dort im Osten? Er überstrahlt alle Sterne. In seiner momentanen Umlaufbahn ist er der Erde sehr nah. Erst in zwanzig Jahren werden wir ihn wieder so klar und funkelnd betrachten können.«
Sophie nickte stumm.
»Und da, weiter links in Richtung Tamegroute: Dort siehst du die Venus, ebenfalls zum Greifen nahe. Es wird eine bedeutende Zeit kommen, Sophie. Die Stellung dieser Sterne zeigt uns, dass es in den nächsten zwanzig Jahren große Veränderungen auf der Erde geben wird. Völker werden sich erheben, um ihre Freiheit zu fordern. Durch den Einfluss der Venus, die den großen Kriegsgott Mars von seiner Herrschaft abgelöst hat, werden sich in der Menschheit wieder Toleranz, Akzeptanz, Verständnis, gegenseitige Liebe und Respekt allem Leben gegenüber ausbreiten. Die verschiedenen Religionen werden sich auf ihren Ursprung besinnen, ihr Herrschaftsanspruch wird verlöschen. Es wird eine aufregende Zeit werden. Aber ich werde dann nicht mehr sein.«
Er ließ ihr keine Zeit, zu antworten. »Sophie, ich fühle, bald werde ich die Erde verlassen.« Zärtlich nahm er ihre beiden Hände. »Danke, dass du mir eine so liebevolle, treue Gefährtin warst. Glaub mir, Sophie, bei allem, was geschehen ist, war ich immer dankbar für alles, was ich mit dir erleben durfte.«
»Aber Muad, wieso sagst du so etwas? Geht es dir nicht gut?«, fragte Sophie erschrocken. »Ich kann mir ein Leben ohne dich nicht vorstellen.«
Muad lächelte sanft. »Meine geliebte Sophie, es wird Zeit,

dass ich gehe. Ich habe meine Verpflichtungen erfüllt, alle Bindungen aufgelöst.«
»Auch unsere Verbindung?« Sophie konnte kaum atmen.
»Ja, Sophie. Auch unsere Bindung. Sei dir bewusst, dein Leben geht weiter. Es fängt überhaupt erst an. Ich bitte dich um eines: Halte mich nicht fest. Sei frei in deinen Entscheidungen!« Er machte eine kurze Pause, dann fuhr er fort: »Du solltest bereit sein, Tarik die Wahrheit zu sagen! Du musst ihm sagen, dass er einen Sohn und eine Enkeltochter hat. Glaub mir, Tarik ist schwer genug geprüft. Er hat seine Frau und seine beiden Kinder verloren, vergiss das nicht. Das Pferd, auf dem er ritt, war zu wild, es hat ihn abgeworfen. Er hat Verletzungen davongetragen, die ihn bestimmt einsichtiger zurückgelassen haben. Sophie, in seinem Inneren ist er ein anständiger Mann. Ich habe ihn immer geliebt, meinen kleinen Bruder.«
Muads Worte drangen wie feine Nadelstiche in ihren Leib. Warum brachte sie nach so vielen Jahren selbst die Erwähnung von Tariks Namen völlig aus der Fassung?
Muad sprach weiter: »Vor meinem Clan und seiner Habgier kann ich dich nicht schützen, aber Tarik wird dir helfen, davon bin ich überzeugt. Durch deine Lebensklugheit wirst du auch dieses Abenteuer meistern.« Damit stand Muad auf und legte seine Hand auf ihre Schulter. »Wir haben beide morgen einen schweren Tag. Meine Derwisch-Brüder kommen, und unsere Schüler werden uns verlassen. Findest du nicht auch, es war eine schöne Zeit mit den sechs jungen Leuten aus aller Herren Länder, die unser Leben bereichert haben? Ich habe sie so weit zu sich selbst

und zu ihrer Göttlichkeit geführt, wie es mir möglich war. Mit deiner Hilfe, Sophie, dies werde ich nicht vergessen.« Er nahm ihren Kopf in seine beiden Hände, sah lange in ihre Augen. »Gute Nacht, meine Liebe, ich schlafe heute im Zelt. Meine Geliebte. Ich habe in deinen Meeresaugen gebadet.« Er küsste sie liebevoll auf den Mund. Verbeugte sich mit der Hand auf seinem Herzen. »Ich danke dir!«, sagte er noch leise und ging die Treppe hinunter.

Sophie war nicht fähig aufzustehen. Der Boden unter ihren Füßen wankte. Er würde sie ohne Muad nicht tragen können. Wie ein Keulenschlag hatten sie seine Worte getroffen. Muad zu verlieren, ihren Schutz, ihren Fels, das wagte sie sich nicht vorzustellen.

Aber vor sich selbst konnte er sie auch nicht schützen. Wieso war dies alles geschehen? Tarik war zwei Mal wie ein Vulkan in ihr geordnetes Leben eingebrochen. Wieso war sie, die sich doch so stark glaubte, ihm gegenüber einfach schwach? Die Erinnerung an Tarik überschwemmte sie wie eine riesige Welle.

2

*Die Geschichte der Liebe kannst du nur von
der Liebe selbst hören.
Sie ist wie ein Spiegel - stumm und
sprechend zugleich.*

Mevlana Celaleddin Rumi

Auf einem Fest in der Universität in Wien hatte Sophie Tarik kennengelernt. Auf einmal stand er vor ihr. Groß, dunkle, braune Augen, dunkles Haar, ein edles, schmales Gesicht, offenbar ein Araber. Sein Gesicht umrahmte ein kurz geschnittener dunkler Bart. Seine Haut sah aus, als ob er etwas länger in der Sonne gelegen hätte.

Sie standen einen Moment atemlos voreinander, was Sophie wie eine Ewigkeit vorkam.

Tarik fasste sich als Erster. »Darf ich mich vorstellen?« Er legte seine rechte Hand auf sein Herz, verbeugte sich leicht: »Tarik Aabi.«

Diese ungewöhnliche Art, sich vorzustellen, berührte Sophie. Höflich fragte er: »Sind Sie allein hier?«

»Nein, ich bin mit meinen Freunden verabredet«, brachte sie mühsam heraus.

»Darf ich Sie an Ihren Tisch begleiten?« Er brachte sie zu ihren Freunden, von denen einer ihn kannte und ihn einlud, doch Platz zu nehmen. Er stellte ihn den anderen Studenten vor. »Leute, das ist Tarik Aabi, ein Berberscheich aus dem Hohen Atlas.«

Tarik verbeugte sich erneut und begrüßte die Gruppe in der Art der Berber. Sophie kam Othello in den Sinn, der auch ein Berberfürst gewesen sein soll und seine Frau Desdemona aus Eifersucht umgebracht hatte.

Tarik setzte sich neben sie, hatte keinen Blick mehr übrig für die anderen. Die körperliche Nähe dieses Mannes entzündete in ihr ein unbekanntes Feuer. Er legte wie absichtslos seinen Arm hinter sie auf die Bank. Sophie hatte nur noch den Wunsch, sich in diese Arme fallen zu lassen. Er beugte sich ihr zu und sagte in noch gebrochenem Deutsch: »Habe noch nie in so hellgrüne Augen geblickt. Hat Ihnen jemand gesagt, dass Sie schön sind?« Sie wollte antworten: »Wie originell.« Die Worte blieben ihr jedoch im Hals stecken. Sie musste hier weg. Sie musste weg von diesem Mann.

Hartnäckig fragte er: »Was studieren Sie? Wie darf ich Sie nennen?«

»Ich heiße Sophie.«

»Und wie noch?«

»Contard.«

»Sophie Contard, was für ein schön klingender Name. Erzählen Sie mir, was Sie studieren?«

»Archäologie und Geschichte.«

»Interessant«, lächelte er.

Sie dachte, mein Gott, was haben die Berber für Männer ... Sie atmete tief durch und fand ihre Sprache wieder.

Ihre Neugier gewann die Oberhand. »Herr Aabi, was machen Sie hier in Wien? Was studieren Sie?«
»Mein älterer Bruder fand, dass ich nur in Wien Rechtswissenschaft studieren sollte, weil hier die Stadt mein Leben bereichern würde. Außerdem kann ich so oft wie möglich die Hofreitschule besuchen, um den Pferden nahe zu sein, mit denen ich aufgewachsen bin.«
»Sie wohnen im Hohen Atlas? Es muss ein beeindruckendes Gebirge sein.« »Nein, wir leben mehr am Rande des Gebirges bei Tamegroute. Da besitzt mein Clan Dattelpalm-Plantagen.«
Was sollte sie darauf antworten? Sie dachte nur, ich muss hier weg. Langsam stand sie auf.
»Entschuldigung, ich bin gleich wieder zurück.« Das war das erste Mal, dass sie vor ihm flüchtete. Doch Tarik wusste ihren Namen, ihre Fakultät und er hatte sie ein zweites Mal gefunden.

Jetzt, nach fünfzig Jahren, war Sophie, wenn sie daran dachte, zutiefst aufgewühlt. Selbst mit dreiundsiebzig Jahren brannte dieses Feuer, das Tarik damals in ihr entzündet hatte, noch in ihrem Leib. Wieso erlaubte sie sich, daran zu denken? Sie hatte den Mann Tarik mit vielen weißen Tüchern zugedeckt, um ihren Leib kühles Linnen gehüllt und gedacht, ich bin frei von dir. Frei von Tarik, das hatte sie sich fünfzig Jahre lang eingeredet. Jetzt stand dieser Name wieder im Raum. Jetzt sollte sie ihm die Wahrheit sagen? Ihm sagen, dass Binjamin sein Sohn war? Ob Muad die ganze Zeit gewusst hatte, dass sie seinen Bruder liebte und nach wie vor begehrte? Nein, Sophie, das ging zu weit!

Sie sprang auf. Solche Phantasien waren nicht erlaubt! Muad war der wunderbarste Mensch, aber hatte sie ihn je als Mann empfunden, den sie wollte? Natürlich habe ich ihn begehrt, sagte sie sich trotzig, schließlich sind wir seit dreiundvierzig Jahren verheiratet. Ja, verheiratet, aber sie beide hatten ihr eigenes Leben gelebt. Nur die letzten Jahre hier in der Wüste waren sie wirklich zusammen gewesen. War sie glücklich? Sophie, hör auf, so zu denken. Die innere Stimme in ihr, der sie vierzig Jahre nicht erlaubt hatte, die Wahrheit auszuspucken, ließ sich nicht zum Schweigen bringen. Jetzt konnte sie ihre innere Lüge nicht mehr verdrängen.

Aber ich wollte an Muads Seite ein guter Mensch sein, seinen hohen Anforderungen genügen.

Ja, natürlich, du hast eine ruhige, sanfte, glückliche Ehefrau gespielt, meine Liebe. Muad hat recht, du warst ihm eine Gefährtin, mehr nicht.

Aber er hat mich doch geliebt.

Mehr, als du dir vorstellen kannst. Er hat den Mann in sich verleugnet, damit du Ruhe findest.

Wer spricht denn so in mir?, dachte sie empört.

Du, meine Liebe. Deine innere Wahrheit kannst du mit vielen weißen Tüchern zudecken, eines Tages schimmert sie durch die vielen Hüllen hindurch ...

Immer noch saß sie unter dem strahlenden Sternenhimmel und erlaubte sich, verzweifelt zu sein. Ihr Leben würde bald vorbei sein. Sie hatte ihr Weibsein verraten, verleugnet, aus Angst vor dem Feuer, den Schmerzen, den Demütigungen, die die Liebe einer Frau zufügen kann. »Tarik!«, brach es aus ihr heraus. Sie schrie es laut heraus, schleuderte seinen Namen gegen dieses Firmament, das da zeitlos über ihr stand. Erschrocken lauschte sie hinaus in die Stille der Wüste. Von Ferne wehte der Wind Muads Gebete zu ihr. Also war er wirklich in seinem Zelt und würde dort die Nacht verbringen. Sie fühlte sich elend. Langsam, vorsichtig stand sie auf. Der Boden trug sie, aber das Gefühl war trügerisch. Später wusste sie nicht mehr, wie sie die Treppe hinuntergestiegen war, wie sie sich ins Bett gelegt hatte.

Als Sophie in ihrem kleinen Schlafzimmer die Augen schloss, überfielen sie wie Erinnyen die Erinnerungen. Tarik hatte sie damals aufgespürt, sie mit seinem intelligenten, männlichen Charme bezaubert. Sie kamen spätabends von einem Ausflug aus einem der Wiener Heurigenlokale, waren berauscht von der Gegenwart des anderen, und der Wein tat sein Übriges.

Sie ließen sich am Ufer der Donau nieder. Es war ihr klar, was jetzt geschehen würde. Das Unausweichliche, gegen das sie sich bis jetzt erfolgreich gewehrt hatte. Sie saß zusammengekauert, die Beine angezogen, auf der kleinen Decke. Tariks Hände fuhren über ihren Nacken. Er küsste ihren Haaransatz, und Schauer überliefen ihren Körper. Sie drehte den Kopf ihm zu und fiel in seinen Mund. Sie vergrub sich darin. Ihre Hände wühlten durch seine Haare. Wie eine Ertrinkende kam sie sich vor. Sie würde in diesem Mann versinken, ihr Ich auslöschen.

»Sophie«, flüsterte Tarik, »mein Mädchen mit den grünen Augen, ich liebe dich, hab keine Angst.«
Er zog sie aus. Sie spürte, dass er dies nicht das erste Mal tat, aber es war ihr egal. Sie wollte seinen Körper, seine nackte Haut. In diesem Moment beugte sich Tarik über sie, nahm sie in seine Welt, in sein Feuer, in seinen Atem, und sie sank, sank in eine tiefe Dunkelheit und wurde in ein Licht, in ein Feuer geschleudert, das ihr ganzes Sein verbrannte. Tarik schrie harte, männliche, unverständliche Laute, er raste über sie hinweg und im letzten Moment ergoss er seinen Samen auf ihren Bauch. Eine traurige schwere Süße erfüllte ihren Körper, ihr Sein, das, von diesem Mann durchdrungen, nie mehr so sein würde, wie es vorher war. Doch ihr wacher Verstand sagte ihr: »Er schläft mit vielen Frauen. Er passt auf«, und schon in der ersten Nacht meldete sich der Stachel der Eifersucht. Doch es war ihr egal.

Sophie wälzte sich in ihrem Bett. Ich will nicht an ihn denken. Aber ihre Gedanken blieben in der Vergangenheit hängen.
Die heimlichen Nächte in der Wohnung ihrer Tante, die nun folgten, ein halbes Jahr unentdecktes Beisammensein. Aber dann, eines Nachts, kam die Tante in ihr Zimmer, riss die Bettdecke von ihren umschlungenen Körpern und schrie empört: »Du Hure schläfst mit einem Araber! Verlassen Sie sofort meine Wohnung, raus! Und du, Sophie, wirst morgen deine Koffer packen!«
Es war furchtbar peinlich gewesen. Sophie schämte sich.

Vielleicht war sie ja wirklich die Hure eines Marokkaners. Aber ihr Berber verbeugte sich vollendet vor der Tante, nahm seine Sachen und verließ stolz in Unterhosen die Wohnung. Wahrscheinlich hat er sich im Hausflur angezogen. Sophie glaubte zu sehen, dass ihre Tante einen Moment schockiert von der nackten Schönheit dieses Mannes war.

Am nächsten Morgen musste sie wirklich ihre Koffer packen. »Du hast unseren Namen beschmutzt. Eine von Contard schläft nicht mit einem Araber, einem Moslem.«
»Aber Tante!«
»Nichts, ich will nichts hören, in meinem Haus bleibst du nicht! Die Nachbarn mussten mir von deinem Treiben erzählen! Mit meiner Hilfe kannst du nicht mehr rechnen. Geh doch zu ihm, du wirst schon sehen, dass er nicht für dich da sein wird. Er benutzt nur deinen Körper!« Wieder saß der Stachel. Sie konnte wahrscheinlich wirklich nicht zu ihm gehen.

Als Sophie am nächsten Morgen mit ihrem Koffer auf der Straße stand, war ihr erster Impuls, Tarik zu suchen, aber ihre Vernunft verbot ihr das. Ihr ganzes Vermögen bestand aus fünfhundert Schilling. Sie entschloss sich, eine Fahrkarte nach Pörtschach zu kaufen, um erst einmal bei ihrer anderen Tante, einer jüngeren Schwester ihres Vaters, Zeit zum Nachdenken zu finden.

Josephine von Contard, die wie die Wiener Tante vor einigen Jahren aus Schlesien vertrieben worden war, hatte sich am Wörthersee ein Reisebüro aufgebaut. Sie würde sich

über den plötzlichen Besuch ihrer Nichte freuen, zumindest hoffte Sophie das.
Tante Josephine war eine straffe, große Erscheinung. Sie wirkte wie eine gestandene Hanseatin. Der Grundzug ihres Wesens aber war Güte. Sie war großherzig, wahrhaftig, streng in ihren Grundsätzen, die sie auch lebte. »Ja, meine liebe Sophie, was machen wir jetzt mit dir? Dein Studium kann ich dir nicht bezahlen, aber ich könnte dir anbieten, bei mir im Reisebüro zu arbeiten. Vielleicht wäre dein Archäologiestudium sowieso für die Katz gewesen?«
Dass sie dieses Angebot angenommen hatte, würde Sophie ihr Leben lang nicht bereuen. Sie entwickelte die Idee, mit wenigen Leuten teure, exklusive wissenschaftliche Reisen zu veranstalten. Sie arbeitete, um selbst nicht unterzugehen und sich bei der Tante zu revanchieren. Sie arbeitete, um Tarik zu vergessen. Sie war spurlos aus seinem Leben verschwunden und er aus ihrem.
Der Name von Contard half ihr, ein erfolgreiches Unternehmen aufzubauen. Sie fuhr mit kleinen Gruppen durch Indien, Kaschmir, Mexiko, Thailand, Peru, Afrika, Australien ... immer auf den Spuren der Geschichte dieser Länder und Kontinente. Sie traf interessante Menschen, aber die Reisen dauerten nicht länger als vierzehn Tage oder vier Wochen. Es war keine Zeit, jemanden wirklich kennenzulernen. Tarik war in ihrem Blut, so sehr sie auch versuchte, nicht mehr an ihn zu denken.
Sophie dachte, die Begegnung mit Tarik hat damals mein Leben verändert. Kein Studium, keine akademische Laufbahn. Eine Reiseleiterin ist aus mir geworden. Genug. Ge-

nug jetzt, Sophie. Die Vergangenheit ist vorbei. Es hat keinen Sinn, darin herumzuwühlen. Du kannst sie höchstens gutheißen. Mit einem leisen Seufzer, »Oh, Tarik, oh, Muad«, schlief Sophie endlich ein.

3

Was du suchst, ist das, was sucht.

Franz von Assisi

Nach dem Gespräch mit Sophie hatte sich Muad in sein Zimmer begeben, um noch drei, für die Zukunft seiner Frau wichtige Briefe zu schreiben. Danach ging er wie angekündigt in sein Zelt. Er fühlte sich müde, unendlich müde. Er streckte sich auf seiner Ruhebank aus, und sein bewusstes Atmen öffnete sein inneres drittes Auge.

In seiner Wahrnehmung sah er sich als zehnjähriger Junge im Säulengang der Moschee von Tamegroute mit einem Korb voller Speisen, die er an arme Leute austeilte, die sich zum Sterben in dieser heiligen Stätte hingelegt hatten. Einer der sterbenden Männer fiel ihm auf: Er lag nie, sondern saß den ganzen Tag mit dem Rücken an die Mauer gelehnt, betete leise, als ob er aufrecht hinübergehen wollte. Als Muad ihm das Essen reichte, blickten ihn dunkle, leuchtende Augen an. Der Alte hielt seine Hand fest und küsste sie.
»Wie heißt du, junger Mensch?«
»Muad Aabi, Herr.«

Der alte Mann räusperte sich. Dann sagte er: »Du solltest von hier fortgehen, Muad Aabi von Tamegroute. Deine Aufgabe ist es nicht, hierzubleiben und deinem Clan zu dienen. Du wirst in deinem Leben vielen Menschen dienen, überall in der Welt. Geh, mein Junge, sobald du kannst!« Sein Blick wurde durchdringend. »Merke dir, geh nach Shrinagar in Kaschmir, ein Land am Fuße des Himalaja. Dort wirst du deinen Meister finden. Oder besser gesagt, der Meister wird dich finden, weil er dich sucht. Dein Name Muad bedeutet, dass dir überall, wo du hinkommst, Zuflucht gewährt wird.« Er nahm nochmals Muads Hand, küsste sie und führte sie an seine Stirn. »Allah wird deinen Weg segnen.«

Als Muad das nächste Mal wiederkam, um das Essen zu verteilen, war der Mann fort. Er erkundigte sich nach diesem Mann bei all denen, die da lagen, aber keiner konnte ihm sagen, ob er inzwischen vielleicht gestorben war. Der Sterbende, der neben dem Alten gelegen hatte, erzählte stockend, er sei einfach aufgestanden und gegangen.

»Er lag doch im Sterben, da kann er doch nicht einfach aufstehen und gehen! Vor allem, wohin?« Muad konnte es nicht fassen.

»Geh nach Shrinagar in Kaschmir, am Fuße des Himalaja.« Dieser Satz war fortan ein Mantra in seinem Kopf, das sich täglich wiederholte. Mit siebzehn Jahren hatte er es wirklich geschafft. Durch seinen Sachverstand und sein geschicktes Handeln hatte er sich ein kleines Vermögen zusammengespart. Als Erstes kaufte er sich ein kostbares

Pferd, eine Mischung aus einem Araber- und Berberhengst. Die Berber waren die älteste Pferderasse der Welt. Dadurch hatte der Hengst Ausdauer und Geduld, war von unglaublicher Schönheit. Sein schwarzes Fell glänzte wie Seide. Aus einem edlen Kopf blickten kluge, weisheitsvolle Augen in die Welt. Muad hatte sich auf Anhieb in dieses Pferd verliebt, bezahlte eine hohe Summe und taufte ihn auf den Namen Mustafa, das heißt der Auserwählte. Muad hatte ihn tatsächlich aus vielen Pferden ausgewählt. Das Berber-Gen in Mustafa zeigte sich in kraftvoller Ausdauer, Nervenstärke und Treue zu dem Menschen, dem das Pferd gehörte. Die arabischen Erbteile in Mustafa waren sein Temperament und seine Unerschrockenheit, diese gaben ihm die Kraft, große Distanzen durchzustehen.

Seine Reisevorbereitungen konnten seinem Vater, dem Pascha des Clans, nicht verborgen bleiben. Muad entschloss sich, mit seinem Vater offen über sein Vorhaben zu sprechen, er wollte sich nicht davonschleichen. Er liebte seinen Vater, der ihn seit seinem zwölften Lebensjahr zu den Reiterspielen nach Meknes mitgenommen hatte, sozusagen als Stallbursche, um sich um das Wohlbefinden der Pferde zu kümmern.

Er hatte mit seinem Vater und den Pferden diese waghalsigen Ritte mit dem Schwert geübt.

Als Muad seinem Vater seinen Wunsch erläuterte, ließ dieser den Clan zusammenrufen. Muad würde durch alle Mittelmeerländer Nordafrikas, die meistens von den Franzosen besetzt waren, reiten müssen. Da in den ländlichen Gebieten die Herrschaft der Clans und der Stämme un-

gebrochen war, erlaubte der Vater nach langer Diskussion die Reise nach Kaschmir, weil sich keiner so richtig vorstellen konnte, wo dieses Land überhaupt lag. Muads Vater hoffte insgeheim, sein Sohn käme wieder zurück, wenn er sähe, wie schwierig es in der Welt draußen, allein auf sich gestellt, ohne den Schutz seiner Familie sein würde.
Muad bat Tarik, seine Aufgaben im Clan zu übernehmen.
»Du gehst zweimal in der Woche nach Tamegroute, um die Sterbenden zu versorgen. Du wirst dadurch sehr viel von der Kostbarkeit des Lebens lernen. Diese Menschen werden dich durch ihre Haltung dem Tod gegenüber von Angst befreien. Und dann begleitest du an meiner statt unseren Vater zu den Reiterspielen nach Meknes. Das wird dir großen Spaß machen. Allah möge dich segnen, mein kleiner Bruder.«
Tarik verbeugte sich mit der Hand auf seinem Herzen und mit leuchtenden Augen vor Muad, den er bewunderte.

Der Pascha suchte eine Karawane für Muad, die ihn bis nach Ägypten mitnehmen sollte. Von dort kamen die Karawanen auch regelmäßig wieder nach Marokko zurück. Er besorgte ihm in Zagora einen französischen Pass.

Der Vater legte die Hand auf den Kopf seines Sohnes. »Schau dich mit meinem Segen in der Welt um. Wenn du dir den Wind um deine Nase hast wehen lassen, wirst du Kaschmir vergessen, mein Sohn. Ich freue mich, wenn du wiederkommst, um Erfahrungen reicher, die dem Clan nützen werden.«

Als Lebensgrundlage seiner Reise dienten Muad kostbare Teppiche, die er, in weißes Leinen gehüllt, hinter sich auf das Pferd band.

Durch seine Teppichgeschäfte hatte er bereits Brocken verschiedener Sprachen aufgeschnappt, sodass er sich leidlich mit Englisch und Französisch durchschlagen konnte. Außerdem besaß er Augen, Hände und Füße, die man auch zum Sprechen benutzen konnte.

Die Karawane, die nach Ägypten aufbrach, bestand aus gestandenen, erfahrenen Wüstengängern, die ihn humorvoll in ihre Mitte aufnahmen.

»Mein Junge, du kannst gerne mit uns gehen, aber du musst auf dich selbst aufpassen!« Auf dieser Reise war Muad schon derjenige, der hilfsbereit mehr auf die anderen aufpasste als auf sich. Er kümmerte sich besonders um die älteren Männer, half ihnen, ihren Schlafplatz aufzubauen, und nahm ihnen die Versorgung der Pferde für die Nacht ab.

In Ägypten angekommen, ließ er es sich nicht nehmen, die Pyramiden zu bestaunen. In diesem Land wollte er eines Tages leben, das nahm er sich vor.

Entgegen dem, was sein Vater gehofft hatte, blieb die Faszination für das Unbekannte, und er folgte weiter dem Ruf, den er vor vielen Jahren erhalten hatte. Die Reiseroute der nächsten Karawane, der er sich anschloss, führte von Amman, in Jordanien, nach Bagdad. Bagdad, dieses lebendige Handelszentrum, ließ ihn eine Weile nicht los. Er brachte Mustafa am Rande der Stadt in einem Gestüt unter, wo Mustafa schöne Stuten beglücken konnte, wofür man Muad reichlich entlohnte. Mit diesem Geld kaufte und tauschte er landesübliche Teppiche.

Einige Wochen später ritt er ausgeruht entlang des Tigris zum Persischen Golf. Er überforderte sein Pferd nie und ließ sich Zeit und Ruhe, um die faszinierende Welt kennenzulernen. Überall in den verschiedenen Ländern nahmen ihn die Menschen gastfreundlich auf. Immer wieder traf er auf Nomaden, in deren Gesellschaft er weite Strecken zurücklegen konnte.

Für den Unterhalt seines Pferdes hatte er genügend Geld. Er wunderte sich selbst, dass er so ungeschoren durch die verschiedenen Länder reiten konnte. Keine der Karawanen, mit denen er unterwegs war, fiel einem Überfall zum Opfer, kein Sandsturm ließ ihn ums Überleben bangen, immer war am Ende des Tages ein Wasserloch oder eine Oase gefunden. Er hatte das Gefühl, als ob dieser Meister, von dem der Sterbende in Tamegroute gesprochen hatte, ihn an einem unsichtbaren Strick nach Kaschmir zog.

Er ritt die Makran-Küste entlang und versuchte, die verschiedenen Siedlungen zu vermeiden, um nicht ausgeraubt zu werden. Endlich, nach einer mühsamen Wegstrecke, erreichte er die Grenze zu Indien. Er war schon über ein Jahr unterwegs, und dieses Land, mit seinen Farben und Gerüchen, mit seiner teilweise furchtbaren Armut, aber auch dem unermesslichen Reichtum faszinierte ihn.

Er hatte Glück, dass er einen französischen Pass hatte und die englischen Kolonialherren in Indien ihn unbehelligt weiterreisen ließen. In Europa herrschte immer noch

Krieg. Er dachte dankbar an seinen Vater, der ihm vorsorglich den Pass besorgt hatte. Wie mochte es seinem Clan gehen? Er beschloss, von Hyderabad den Indus entlang hoch nach Norden zu reiten.

In der Nähe von Jammu zeltete er eines Nachts mit seinem Pferd wie immer an einer kleinen Feuerstelle. Dort stöberte ihn ein Diener des örtlichen Fürsten auf und verhaftete ihn, da er unerlaubterweise auf fürstlichem Grund gerastet hatte. Er wurde dem Maharadscha vorgeführt.

Als der Fürst den jungen Mann mit dem wunderschönen Pferd sah, wurde er neugierig und fragte: »Junger Mann, was ist das für eine Rasse?«

Muad verbeugte sich nach der Art der Berber mit der Hand auf seinem Herzen vor dem Fürsten. »Mein Pferd ist die Züchtung eines Araber- und eines Berberhengstes.«

»Ein teures Pferd, wie man erkennen kann. Woher kommst du, junger Mann? Wo gibt es solche Pferde?«

»Mein Fürst, ich komme aus Marokko aus dem Gebirge des Hohen Atlas und gehöre zu einem Berber-Clan. Wenn ich geblieben wäre, wäre ich der Scheich dieses Clans geworden.«

Der Fürst war sichtlich erfreut und beeindruckt. »Ein Berberfürst bist du?« Er wandte sich an seinen Hofstaat. »Habt ihr gehört? Ein Berber in meinem Haus!« Zu Muad gewandt fuhr er fort: »Euer freiheitsliebendes Volk hat mich schon als Kind fasziniert. Jener Othello, auch ein Berberfürst und erfolgreicher Feldherr in Venedig, hat mich als Kind beflügelt. Mein junger Scheich, wir haben uns viel zu erzählen.«

Er lud ihn in seinen Palast ein. »Fühle dich so lange als mein Gast, bis dein edles Pferd eine meiner Stuten beglückt hat.«

Muad versuchte diese Aufforderung höflich zurückzuweisen: »Ich bin schon so lange unterwegs, o Herr, dass ich mir einen längeren Aufenthalt nicht mehr leisten kann. Mein Meister wartet auf mich.«

»Wieso, was hast du denn so dringend vor?«, fragte der Maharadscha ihn neugierig.

Jetzt erzählte Muad dem Fürsten von der Begegnung mit dem scheinbar Sterbenden in Tamegroute, der ihm den Weg von Marokko zu einem Meister nach Shrinagar gewiesen hatte.

Der Fürst winkte ab. »Dein Meister kann warten. Jetzt erzähl mir, weshalb du als junger Berber diese verrückte Reise von Marokko nach Kaschmir auf dich genommen hast. Weißt du denn überhaupt, was für einen Meister du suchst?«

»Nein«, antwortete Muad, »das weiß ich nicht. Er wird mich lehren, warum ich auf der Erde bin und was ich hier zu tun habe. Was ist meine Aufgabe? Es kann nicht der Sinn meines Lebens sein, Datteln zu ernten und diese zu verkaufen. Ich habe auf dieser Reise schon viel über die Menschen und ihr Verhalten gelernt. Habe erlebt, wie viel Hass und Wut sie in sich tragen, habe Hilfsbereitschaft und Liebe empfangen und gesehen, wie viel Kraft der Glaube an Gott den Menschen gibt. Vielleicht bin ich auf der Suche nach demselben.«

Der Maharadscha schaute ihn verständnisvoll, aber auch

unnachgiebig an. »Mein Junge, du hättest dir nicht eine so weite Reise auferlegen müssen, um Gott in Kaschmir zu suchen, wo er doch in dir wohnt!«

Muad blieb also keine Wahl. Er musste so lange in Jammu bleiben, bis sein Hengst die Stute des Maharadschas befruchtet hatte. Er wurde dafür reichlich belohnt. Als er aufbrach, erklärte ihm der Fürst den sichersten Weg nach Shrinagar. »Solltest du, mein junger Freund, jemals wieder hier vorbeikommen, dann wird es mir eine Freude sein, dir unseren Pferdenachwuchs zu präsentieren.«

Endlich, nach anderthalb Jahren, fand er am Ufer des Daal-Sees in Shrinagar das Haus seines Meisters. Dieses entpuppte sich als ein lang gezogenes Boot aus edlem dunklen Holz, welches im Wasser des Sees leise vor sich hin dümpelte.

Mit lautem Lachen, das seinen ganzen Körper erschütterte, empfing Meister Jusuph Muad, um ihn gleich mit Vorwürfen zu überhäufen: »Wieso kommst du erst jetzt? Wo warst du denn so lange? So groß ist doch die Entfernung gar nicht! Wo hast du dich herumgetrieben? Ich habe dich früher erwartet. So viel Zeit habe ich nicht mehr.«

Jusuph war ein Sufi, und Muad würde sein letzter Schüler sein. »Sufis hat es immer gegeben, in jeder Kultur, und wird es immer geben. Wir hüten das Geheime Wissen. Du musst wissen, unter den Sufis gab es ehemalige zoroastrische, christliche, hinduistische und andere Priester. Perser, Griechen, Ägypter, Araber und Engländer. In den Reihen der Sufi-Meister findet man Theologen, einen bekehrten Räuberhauptmann, Sklaven, Soldaten, Kaufleute, Wesire,

Könige und Künstler. Da sie oft unter der Bedrohung inquisitorischer Verfolgung lebten, schrieben sie bedeutende Bücher. Doch deren Essenz lässt sich nur herausdestillieren, wenn man die Voraussetzungen dafür mitbringt. Du, mein Junge, bist unverdorbene Erde. Bei dir muss ich nicht das Unkraut herausreißen. Bei dir kann ich säen, dir so viel Samen der Weisheit mitgeben auf deinem Weg, wie ich vermag.«

Muad lag auf seiner Bank im Zelt und gedachte dankbar seines schmalen indischen Meisters, mit den dunklen grünen Augen. Augen wie der See, der damals vor ihm gelegen hatte. Er hatte lange nicht gewagt zu fragen: »Weshalb hast du grüne Augen, Meister?«

»Das kommt von der Völkerwanderung des zwölften Stammes der Juden, mein lieber Sohn, solltest du davon wissen, die sind genauso weit herumgekommen wie du.«

Der Meister hatte über Muads dummen Gesichtsausdruck so gelacht, dass sein kleiner Körper in totale Erschütterung geraten war.

»Da auch ich bald hinübergehen werde, möchte ich mich bei dir für alles bedanken, was du mich gelehrt hast, Jusuph. Ich hoffe, dich da drüben zu treffen, um dein Lachen wieder zu hören.«

Er dachte daran, wie furchtbar er sich gefühlt hatte, wie einsam, als Jusuph die Erde plötzlich verließ.

»Geh nach Udaipur, dort gibt es einen größeren Meister als mich. Er wird dich aufnehmen!« Das war Jusuphs letzter Befehl gewesen.

Jusuph hatte ihm wiederholt eingeprägt: »Es genügt nicht, ein Sufi zu sein, du musst einen Beruf haben. Du musst, wie andere Menschen auch, deinen Lebensunterhalt verdienen. Tu das, was du am besten kannst. In deinem Fall handle weiter mit Teppichen, aber achte auf höchste Qualität und Schönheit.«

Muad hatte bei seinem Meister gelernt, seine Gedanken zu beherrschen, seine mystische Wahrnehmung zu öffnen, die Komik des Lebens zu begreifen und jeder Herausforderung, sei sie noch so schrecklich, mit Humor zu begegnen und sie anzunehmen. In seinen Gebeten und dem Ruf »Allah hu!« verband er sich geistig mit anderen Meistern und wusste um die telepathischen Verbindungen der Sufi-Meister.

Beladen mit den schönsten Teppichen aus Kaschmir, begab sich Muad mit Mustafa auf den langen Ritt nach Udaipur zu seinem nächsten Lehrmeister. Selbstverständlich besuchte er in Jammu seinen neuen Freund, den Raja, der sich ehrlich freute, dass Muad noch einmal bei ihm vorbeikam. Er zeigte ihm freudig eine junge, temperamentvolle Rappstute. Muad würde diese junge Schöne nie vergessen.

Nach einer langen beschwerlichen Reise durch Nordindien erreichte er endlich Udaipur.

Auch hier begrüßte ihn sein Meister mit den Worten: »Ich habe dich erwartet. Gut, dass du dich sofort auf die Reise begeben hast.«

Die Zeit in Udaipur war, trotz der Strenge seines Lehrers, ein Nachholen der Fröhlichkeit seiner Kindheit und Jugend. Die Farben der Stadt, das Sonnengelb des Palastes, dahinter der grüne See, in dessen Mitte sich der weiße, schimmernde Marmorpalast erhob. Dieser Lake-Palast war von einem jungen Prinzen aus Trotz gegen seinen Vater, der ihm nicht erlaubte, Feste im väterlichen Palast zu feiern, erbaut worden. Hinter dieser ganzen Herrlichkeit erhob sich ein raues Gebirge, und die Unendlichkeit der Berge erinnerte Muad an seine Heimat.

Er fühlte sich frei, angenommen von seinem Meister Manu, von den Menschen, die dort lebten, ob Hindus, Moslems oder Sikhs. Er arbeitete an sich. Er studierte die Geschichte des Sufismus, las die wichtigsten Schriften, war besonders begeistert von den Gedichten Mevlana Celaleddin Rumis und von dessen Lehrer Shams-i-Täbris. Er nahm sich vor, eines Tages ihre Gräber in Konya zu besuchen.

Er schrieb regelmäßig Briefe an seinen Vater und seinen Bruder, beruhigte seine Mutter, dass es ihm gut ging und er in seinem Leben und der Berufung, die er gefunden hatte, in Indien Erfüllung fände.

Er verdiente genügend Geld mit seinen Geschäften, das er seinem Clan überwies, um das Studium seines jüngeren Bruders Tarik zu finanzieren.

Mit dem Gedanken an Tarik zog Muad seinen Verstand in die Gegenwart zurück. Er hatte nicht mehr so viel Zeit, um in der Vergangenheit zu verweilen. Er dachte an seine Schüler, die morgen in ihr Alltagsleben zurückkehren würden.

Roger würde nach Paris in seinen Lehrerberuf zurück-

kehren. Er würde den Wellen des Umsturzes, die in den kommenden Jahren wahrscheinlich jedes Land treffen, gefestigt in Gott standhalten. Ihn konnte er mit gutem Gewissen als Tropfen des Friedens in das Bewusstsein der Franzosen reisen lassen.
Er dachte an James, den Antiquitätenhändler aus Bournemouth, der mit seinem leisen Charme, mit seiner tiefen Sicht der Dinge, seiner britischen Gelassenheit bestimmt zum Segen seiner nächsten Umgebung werden würde.
Rodriguez, der Architekt, würde nicht nur in Andalusien ökologische Häuser bauen, er würde die liberale Haltung der großen Sufi-Meister, wie El Ibn El Arabi im elften Jahrhundert, als Andalusien noch ein Teil Arabiens war, weiterführen. Unter dem Schirm des Islam durften damals alle Religionen ihre Lehren praktizieren. Es gab keine Verfolgung. Rodriguez würde, da war sich Muad sicher, auch eine geistige Architektur in seiner Umgebung aufbauen.
Ein weiterer seiner Schüler, Hamid, hatte in Deutschland Wirtschaftswissenschaft studiert, weil er später das Teppich- und Lederwarengeschäft seiner Eltern in Istanbul übernehmen sollte. Nun, Hamids Intellekt war gut ausgebildet, aber er dachte ebenso stark mit dem Herzen. Er hatte einen schlauen Witz, und seine Art, ob seines Wissens Fragen zu stellen, anstatt zu antworten, würde sichtbare Edelsteine hervorbringen. Um ihn müsste sich Muad wirklich keine Sorgen machen. Er würde große Kreise ziehen.
Sorgen machte Muad hingegen das heiße Temperament seines Neffen Abdullah. In seinem Blut floss ungezügelt

und unberechenbar das Erbe des Berbervolkes. Er war noch hin- und hergerissen zwischen dem Vertrauen der Hingabe an Allah und seiner eigenen immensen Kraft. Es würde für ihn sicher schwierig werden, innerhalb des Familienclans seine eigene Position zu finden.

Muad überlegte, wen von seinen Schülern er vergessen hatte. Ach ja, Krishna, den sensiblen, sanften Inder. Ihn konnte er ruhigen Gewissens diesem heiligen Land übergeben. Der Hinduismus und der Buddhismus waren sich nie feind, nun sollte auch die Religion der Moslems in diesen Frieden eingebunden werden.

Diese drei Religionen müssen sich in Zukunft die Hände reichen, dachte Muad.

Allah wird meine Schüler an seiner Hand und ihrer Aufgabe gemäß stärken. »Sein Wille geschehe.« Danach verbeugte sich Muad demütig in Richtung Mekka und verrichtete seine Gebete.

4

*Alles ist im göttlichen Atem enthalten,
so auch der Tag im Dunst des frühen Morgens.*

Ibn al Arabi

An diesem Samstag im Oktober ging die Sonne um halb sieben über der Wüste auf und tauchte den Sand und die Berge erst in rötliches Licht, das später einem weichen, warmen, goldenen Schimmer wich. Der Sand wirbelte durch die Luft, und es sah aus, als wolle sich ein Sturm ankündigen. Die Berge wurden immer mehr in den Dunst des Sandes eingehüllt, die Fliegen konnten sich zum Glück gegen den Wind nicht behaupten.
Darüber war Sophie froh, als sie nach dieser unruhigen Nacht auf ihren Balkon trat. Für das Fest heute war der Sturm nicht vorteilhaft. Aber sie war sicher, Muad würde mit dem Wind sprechen und dieser würde gehorchen.
Aber für sie war nichts mehr so, wie es gestern war. Muad hatte ihr am Abend gesagt, dass er bald die Erde verlassen würde. Wie sollte sie damit umgehen?
Sie eilte in die Küche, um das Frühstück zu bereiten. Sie musste, wie jeden Morgen, das Chapati-Brot herrichten. Sie schüttete Mehl in die Schüssel, gab Wasser, selbst ge-

machtes Ghee und Salz dazu, knetete den Teig und rollte ihn in kleine runde Fladen aus.
Dabei flogen ihre Gedanken zu ihrem Vater, der sie ähnlich wie Muad geprägt hatte. Ihr Vater hatte sie vom siebten bis zum achtzehnten Lebensjahr allein großgezogen. Ihre zarte Mutter war nach der Flucht aus Schlesien gestorben. Sie dachte daran, wie er sie jeden Abend ins Bett brachte. Anstatt ihr Märchen zu erzählen, sprach er mit ihr über die Geschichte der Menschheit, die, wie er behauptete, meistens eine Geschichte der Glaubenskriege war.
»Mein Kind, du bist weder zu klein noch zu dumm, um die Zusammenhänge von Kriegen zu verstehen. Unsere Ahnen waren Hugenotten in Südfrankreich gewesen, die die katholische Kirche ablehnten, weil sie die Machtpolitik nicht mehr mit ihrem Glauben an Gott vereinbaren konnten. Sie opferten ihren Glauben, oft ihr Leben. Ihr Besitz wurde ihnen geraubt, oder sie verließen freiwillig ihre Heimat in Südfrankreich.
Unsere Familie wanderte im 16. Jahrhundert nach Schlesien aus. Kannst du dich vielleicht an unsere Weinberge erinnern? An die wunderschöne Landschaft von Grünberg? Aber wegen des Krieges der Deutschen, der diesmal kein Glaubenskrieg war, haben wir wieder alles verloren. Ich wünsche dir, mein Kind, dass du solche einschneidenden Erlebnisse nicht erleben musst. Wir sind protestantisch, Sophie. Glaube sollte kein machtpolitisches Instrument sein, mit dem man Menschen unterdrückt, verfolgt und tötet. Verstehst du? Du solltest an Gott glauben, mei-

ne Kleine, auf deine eigene Weise. Ihn im Laufe deines Lebens auf deine Weise kennenlernen.
Vielleicht willst du dann nicht mehr protestantisch sein, sondern irgendeinen anderen Glauben annehmen. Dies ist deine geistige Freiheit, Sophie. Das geht niemanden etwas an. Höre immer auf dein Herz. Denke mit deinem Herzen und sei wahrhaftig.«
Diese Worte ihres Vaters waren der Schlüssel dafür, dass sie mit den verschiedenen Religionen in Frieden leben konnte. Sie bedauerte immer noch, ihn so früh verloren zu haben. Er hatte sich nach der Flucht nie an seine neue Heimat in Paderborn, an den Verlust seines Berufes gewöhnt. Das hatte seine Lebensenergie geschwächt. Außer Sophie hatte er keinen Lebensinhalt mehr. So verließ er leise die Welt und schickte seine Tochter nach Wien zu seiner älteren Schwester.
Sophies Träumereien wurden unterbrochen. Hamid betrat die Küche, um ihr zu helfen. Er hatte wie viele kleine Männer eine unglaubliche Energie, kleidete sich sorgfältig, putzte jeden Tag, trotz des vielen Sandes, seine Schuhe. »Daran erkennt man einen Gentleman«, hatte er Sophie auf ihre erstaunte Frage hin geantwortet und trug trotz der Hitze Jacketts aus feinem Leder, auch eben jetzt am frühen Morgen. Während er den Tisch deckte, fragte er: »Madame, haben Sie schon einmal versucht, auf sieben einzuatmen, innezuhalten und wieder auf sieben auszuatmen? Das ist verdammt schwer.« Er machte es ihr vor und sie atmeten gemeinsam, aber Sophie schaffte es gerade, beim Ein- und Ausatmen auf vier zu zählen.

»Dann machen Sie eine kleine Pause, bis der Atem wieder zu fließen beginnt«, riet Hamid.

Er nahm einen Stapel Teller und balancierte ihn auf einer Hand. »Der Meister sagt, den Atem zu beherrschen ist die Grundlage seiner Lehre, weil wir mit jedem Atemzug die Kraft des Universums einatmen, vielleicht sogar die Energie und die Liebe Allahs.«

»Ja, das kann ich mir gut vorstellen, mein lieber Hamid. Ich atme aber auch ein, was du ausatmest.«

»Oh, Madame, Sie sind ganz schön gerissen«, lachte Hamid schallend und legte das Besteck auf den Tisch.

»Und was, Hamid, hast du sonst noch gelernt, wenn du uns morgen verlässt?« »Madame, was wir lernen, steht in keinem Buch. Die Natur ist unser Lehrmeister. Das Geheime Wissen ist in uns selbst, und wenn wir Gott vollkommen vertrauen, uns ihm hingeben, können wir dieses kostbare Wissen in uns heben. Nur durch die vollkommene Liebe können wir das erreichen. Dies ist ganz schön schwer. Wenn man sich so umschaut in der Welt und den ganzen Scheiß, der passiert, lieben und akzeptieren soll, Madame, wäre man ein Heiliger. Davon bin ich noch weit entfernt!«

Sie lachten beide. Hamid, diesen lustigen Burschen, würde sie sehr vermissen.

»Madame, bei dem Wind müssen wir in der Halle decken, ich übernehme das.« Halamit, eine zarte junge Berberin, kam in die Küche.

»Schon geschehen, mein liebes Mädchen. Du kochst den Tee«, befahl Hamid. Halamit hatte ein blaues Kopftuch nach hinten um ihre Haare geknotet. Sie trug schwarze

Leggins und eine blaue Schürze. Sie hatte keine Eltern, keine Schulbildung, aber eine gute Portion Mutterwitz. Sie war glücklich, dass sie hier Unterschlupf gefunden hatte, bis sie einen Mann zum Heiraten finden würde. Auch wenn er schon eine Frau hätte, sie wäre nicht eifersüchtig, sagte sie sich. Aber am liebsten würde sie mit einem der jungen Männer nach Europa gehen. Davon träumte Halamit.

Sophie musste ihr jeden Tag dieselben Anweisungen geben, weil Halamit dachte, wenn sie einmal ein Zimmer sauber gemacht hatte, hielte das für vier Wochen vor. Sand war für sie kein Dreck, und sie verstand einfach nicht, dass sie ihn jeden Tag vom Balkon und aus den Zimmern kehren sollte. Er kam ohnehin am nächsten Tag wieder. Aber sie war willig.

Nachdem Halamit den Tee aufgebrüht hatte, schüttete sie für jeden Einzelnen die scharfen Saucen in kleine Schüsselchen, damit man das Chapati-Brot eintauchen konnte. Sophie buk inzwischen die Fladen in einer großen eisernen Pfanne aus.

Wie jeden Morgen erschien Muad jetzt in der Küche. Seine Persönlichkeit füllte den ganzen Raum, nichts hatte mehr neben ihm Platz. »Guten Morgen, Sophie! Wie hast du geschlafen?«

Sie sah Muad aufmerksam an, ob sie eine Veränderung in seinem Gesicht bemerken würde, aber er sah so schön aus wie immer. In seinen Augen vielleicht entdeckte sie einen verlorenen Ausdruck. Nein, nicht verloren, eine Ferne.

»Nach unserem Gespräch gestern, Muad, solltest du mich das nicht fragen.«
Er kam auf sie zu, nahm ihr Gesicht in seine beiden Hände. Sein Blick war so intensiv, dass ihr die Tränen kamen. »Ich wollte dich nicht ängstigen, Sophie, nur vorbereiten. Es gibt keine wirkliche Trennung, das weißt du doch.« Zärtlich trocknete er ihre Tränen. »Du, mein Liebes, ich danke dir«, er sah sich in der Küche um, »dass du dieses einfache Leben an diesem Ort auf dich genommen hast.« Halamit kam in die Küche, um die fertigen Brote zu holen, und Hamid holte den Tee.
Muad dreht sich zu ihnen um. »Ich sehe schon, ich bin hier überflüssig. Sophie, ich lege unsere Gäste in deine bewährten Hände; übrigens, die Nomaden haben draußen die schweren Eisenstühle und Tische schon aufgebaut.« Damit ging Muad in die Halle.
Helena kam, elegant in einen indischen Sari gehüllt, die Treppe herunter. Von Weitem rief sie: »Großvater, schau mal, was Krishna mir aus Indien mitgebracht hat«, und drehte sich im Kreis. Die übrigen Studenten kamen ebenfalls die Treppe herunter und umstanden im Halbkreis das hübsche siebzehnjährige Mädchen.
Muad lächelte: »Wenn wir dir noch klingende Fußkettchen um die Fesseln binden, hören wir immer, wo du gerade bist. Mein Kind, man könnte dich glatt für eine Inderin halten.«
Hamid klatschte in die Hände: »Frühstück ist fertig!« Alle setzten sich an den Tisch, und Muad sprach das Tischgebet. Die jungen Männer hielten den Kopf gesenkt, und

Helena, die erst vorgestern aus Wien eingetroffen war, sah stolz auf ihren Großvater, der ihr wie ein Fürst aus einer anderen Welt erschien. Sophie bemerkte den Blick ihrer Enkelin und lächelte. Als der Großvater zu Ende gesprochen hatte, blickte Helena in die Runde, nahm die verschiedenen Gesichter der Studenten auf und sagte lachend: »Was sind wir für eine verrückte Familie!«, griff sich ein Chapati-Brot und tauchte es in eine der scharfen Saucen.
»Weißt du, wie dein verrückter Großvater deine schöne Großmutter kennengelernt hat?«, ergriff Muad das Wort und zwinkerte seiner Enkelin zu. »Es war vor langer, langer Zeit in Indien in einem ärmlichen Restaurant auf dem Weg in die Wüste Rajasthans. Das Einzige, was man dort ohne Gefahr essen konnte, waren das Chapati-Brot und die diversen scharfen Saucen. Sophie saß mit ihrer Reisegesellschaft auf der linken Seite des Raumes und ich mit ein paar Derwischen auf der rechten. Ich war gerade aufgestanden, um zu bezahlen, da fuhr Sophie hoch, rannte mich beinah um und stürzte aus der Tür. Ihr war offensichtlich schlecht – entschuldigt, beim Frühstück passt dies eigentlich nicht – und erbrach sich vor dem Lokal auf die schmutzige Straße. Ich eilte hinter ihr her, um ihr zu helfen. So kam ich in den Genuss, ihren Körper zu umarmen, damit sie vor Schwäche nicht umfiel ...«
»Aber Muad, das kannst du doch nicht erzählen«, unterbrach ihn Sophie.
Helena kicherte.
Er zwinkerte seiner Enkelin erneut zu. »Da habe ich deine Großmutter zum ersten Mal in meinen Armen gehalten

und mich sofort in sie verliebt. Deshalb gibt es bei uns immer dieses Chapati-Frühstück. Es erinnert uns an unseren ersten Tag, so wird es auch an unserem letzten Tage sein.«

Sophie wunderte sich nicht über den Ausdruck in seinen Augen. Sie hatte das Gefühl, dass er ihr ganzes Wesen in sich aufsog. Dann aßen sie still und konzentriert weiter. Am Ende des Frühstücks nahm jeder sein Geschirr und Besteck und brachte es in die Küche. James und Abdullah hatten Küchendienst, den sie singend verrichteten. Die anderen nahmen ihre Wasserflaschen und gingen in den sogenannten Schulraum, eine weitere große Halle in der Kasbah.

In der Mitte der ockerfarben gestrichenen, großen Halle standen drei Webstühle. In dieser letzten Phase des Unterrichts hatte Muad seine Studenten ihre eigenen Gebetsteppiche weben lassen. Die Aufmerksamkeit, die sie am Webstuhl für die Aufgabe, einen Teppich zu weben, benötigten, bewahrte sie davor, in eine geistige Leere zu versinken. Jeder Faden, jede Farbe erforderte Konzentration und musste mit Bedacht in das Bild ihres Teppichs eingearbeitet werden.

An den Wänden dieses Raumes befanden sich gepolsterte Bänke mit einer Fülle von Kissen, auf denen viele Menschen Platz nehmen konnten.

Rodriguez setzte sich an seinen Webstuhl und schnitt die letzten Fäden, die den Teppich mit dem Webstuhl noch verbanden, ab.

Krishna betrachtete aufmerksam sein Werk, den ersten

Teppich seines Lebens, der ein Ausdruck seines Weges sein sollte, den zu gehen er nun bereit war.

Hamid hatte seinen Teppich aus dicker Wolle handgeknüpft und nahm ihn liebevoll auf seinen Schoß.

Muad legte sein Werk auf den Boden und freute sich an den kraftvollen Farben, die seinen Teppich auszeichneten.

Roger nahm umständlich seinen fertigen Teppich aus dem Webstuhl und legte ihn über die Lehne seines Stuhles.

James und Abdullah waren mit der Küchenarbeit fertig und kamen jetzt auch in den Raum. Ihre Teppiche lagen schon fertig ausgebreitet vor ihren Stühlen. Die jungen Männer setzten sich hin. Es war ihr letzter Unterrichtstag, und heute würden sie ihre Teppiche im Gebet einweihen. Eine Weile war es ganz still.

Dann hob Muad leise an zu sprechen. »In der Stille«, erklärte er, »arbeitet Allah am direktesten in eurem Bewusstsein. Nur in der Stille kann die Liebe Gottes in euer Wesen fließen. Veränderung geschieht aus dem Nichts. Unser Leben sollte ein alchemistischer Prozess sein, ihr seid Umwandler, Umformer für alles, was euch begegnet. Sich Gott oder Allah hingeben heißt ihn in allen Aspekten in euch selbst zu erforschen. Sich ihm hingeben heißt, in jeder Sekunde zu wissen, dass Er führt, Er ist der Tuende, der Gebende, der Nehmende!

Glaubt nicht, weil ihr heute in den Derwisch-Orden aufgenommen werdet, ihr hättet es geschafft. Vielleicht habt ihr erreicht, euer Ego an Gottes Energie zu übergeben. Vergesst nicht, dies täglich zu tun! Ihr müsst euer Ego nicht wegsperren, sondern es täglich daran erinnern, dass ihr der

Herr seid und ihr bestimmt, was geschieht, nicht euer Ego! Vielleicht ist es euch gelungen, Bindungen an Dinge und Menschen aufzulösen. Aber das Leben erneuert sich mit jedem Atemzug. Ihr müsst euch ebenfalls mit jedem Atemzug erneuern. Was auch immer in den nächsten Jahren geschieht, und es wird sehr viel Neues geschehen, erinnert euch immer, ihr seid Brüder der Versöhnung, egal welche Religionen eure Länder beherrschen werden.
Ob ihr die Bibel aufschlagt oder den Koran, es wurde immer in Gleichnissen gesprochen. Ihr könnt die Bücher auslegen, je nach eurem Verständnis, eurem Wissen, aber trotzdem hören die Menschen nur, was sie bereit sind zu hören, und sie werden nur das sehen, was sie sehen wollen und sehen können. Durch euer Verhalten, durch Güte, Großherzigkeit und Humor, innere Heiterkeit, große Hilfsbereitschaft werdet ihr gewiss zu einem Anziehungspunkt für die Menschen eurer Umgebung werden. Ihr müsst die höchsten Ansprüche nur an euch selber stellen, nicht an die anderen.«
Helena kam hereingeschlichen. »Darf ich?«, fragte sie und setzte sich zu Füßen des Großvaters, der nickte und ihr zärtlich über den Kopf strich. »Ich werde euch heute noch eine Geschichte erzählen, aus dem dreizehnten Jahrhundert, die über Magie und Wunder berichtet. Wunder, die geschehen, sind immer Nahrung für die Seele.«
Muad schaute seine Studenten nacheinander an. Sie saßen ganz still und warteten darauf, dass er fortfuhr.
»Es lebte einst ein junger Dichter, Abdullah Hagi, dessen Vater von den Wundertaten des großen Bahaudin

Naqshband von Buchara erzählte. Es ergriff den jungen Dichter ein großes Verlangen, diesen Sufi-Meister kennenzulernen, und sobald es möglich war, begab er sich auf den langen Weg von Syrien nach Zentralasien und fand Bahaudin, das Oberhaupt des Naqshbandi-Ordens, im Kreise seiner Schüler.
Der junge Dichter erklärte dem erstaunten Sufi-Meister, dass ihn seine Neugierde auf Wundertaten diesen langen Weg hierher getrieben habe.
Bahaudin erwiderte: ›Ununterbrochen geschehen Wunder, die die Menschen nicht wahrnehmen, weil sie undramatisch sind. So kann ein Mann zum Beispiel gegen alle Wahrscheinlichkeit in einer raschen Abfolge von Ereignissen geistige oder materielle Güter gewinnen oder verlieren. Man spricht hier gerne von einem zufälligen Zusammentreffen verschiedener Ereignisse. Tatsächlich sind alle Wunder in diesem Sinn Zufälle. Eine Folge von Ereignissen, die in einer bestimmten Beziehung zueinander stehen.‹
Dann erzählte ihm Bahaudin eine Geschichte, die sich am dritten Tage des Safar-Monats im Jahre 555 zugetragen hatte.
›Wir waren in der Schule bei unserem Meister, Sayed Abdulh-Quadir. Er erhob sich, schlüpfte in seine hölzernen Sandalen und vollzog eine Waschung. Er sprach zwei Gebete. Doch plötzlich stieß er einen lauten Schrei aus und schleuderte gleichzeitig eine seiner Holzsandalen in die Luft, wo sie zu verschwinden schien. Mit einem weiteren Schrei warf der Meister seine zweite Sandale hoch in die Luft, auch diese entschwand unseren Blicken. Nie-

mand unter den Anwesenden wagte es, ihn zu diesem Vorfall zu befragen.

Dreißig Tage nach diesem Ereignis kam in Bagdad eine Karawane an, die Geschenke für den Meister mitgebracht hatte. Man übergab uns Tuch aus Seide und anderen Stoffen und ein paar Holzsandalen. Es waren die, welche der Meister von sich geschleudert hatte.

Sie berichteten Folgendes: Am dritten Tag des Safar-Monats, es war ein Sonntag, wurde unsere Karawane plötzlich von einer arabischen Bande mit zwei Anführern an der Spitze überfallen. Die Räuber töteten einige von uns und plünderten uns aus. In unserer Not erflehten wir die Hilfe des Sayed, denn wir hatten keine Zuflucht und keine Mittel mehr, unsere Reise fortzusetzen. Wenn wir, was angesichts unserer Lage unwahrscheinlich erschien, Bagdad unversehrt erreichen sollten, so wollten wir dem Meister Geschenke zum Zeichen unserer Dankbarkeit darbieten. Kaum hatten wir uns so entschieden, als ein Schrei uns aufstörte und gleich darauf ein Zweiter, der durch die Lichtungen widerhallte. Bald darauf kamen einige der Banditen herbeigelaufen und berichteten, ein schreckliches Unglück sei geschehen. Sie flehten uns an, unser Eigentum zurückzunehmen. Wir folgten ihnen zu der Stelle, wo sie unsere Handelsware abgeladen hatten, und fanden dort ihre beiden Anführer tot am Boden liegend. Neben dem Kopf eines jeden lag eine hölzerne Sandale.

Für uns besteht kein Zweifel, der Meister hat die Not wahrgenommen, in der sich unsere Karawane befand. Von dem Verlangen beseelt, diesen Menschen zu helfen, ist er imstande gewesen, seine Sandalen auf eine Weise zu schleudern, dass die Anführer der Bande, die letztlich die Schuld trugen, getötet wurden. Wunder‹, sagte Bahaudin, ›mögen dich von etwas überzeugen, doch dessen kannst du sicher sein, das ist nicht ihre tatsächliche Wirkung.‹« Muad beendete seine Erzählung. »Nun, meine Söhne, ich bin nur ein einfacher Sufi. Ich konnte keine solchen Wundertaten hervorbringen. Aber ich bin sicher, ihr werdet in eurem Leben Wunder der Liebe erfahren. Lasst uns nun gemeinsam eine Meditation der Stille erleben.«

Sophie hatte ihre Vorbereitungen für die Ankunft der Derwische getroffen. So konnte sie nach dem Frühstück ihre Hängematte genießen. Obwohl, dachte sie, alles hat sich seit gestern Abend verändert. Sie las in ihrem geliebten Ruheplatz im »West Östlichen Divan« von Goethe. Sie hatte das Buch vor Jahren auf dem Nachttisch ihres Mannes gesehen und ihn verwundert gefragt: »Du liest Goethe?«
»Ja, warum nicht?«, antwortete er. »Du solltest es auch lesen, Sophie. Der alte Meister hat sich für die Welt und ihre Vorgeschichte interessiert. Lies einmal das Kapitel über die Parsen, das Volk der Sasaniden, so hießen sie früher. Du wirst es nicht glauben, er hat auch über den Koran geschrieben, also muss er ihn gelesen haben. Die Poesie des Orients hat ihn sehr inspiriert. Du wirst nichts Weisheitsvolleres finden, meine Liebe.«
So begleitete dieses Buch Sophie in den letzten Tagen in ihrer Hängematte. Sie blieb im Buch der Sprüche bei folgendem Vers hängen:

»Gestehts! Die Dichter des Orients
sind größer als wir des Okzidents.
Worin wir sie aber völlig erreichen,
das ist im Hass auf unseresgleichen.«

Sie ließ die Hände sinken und gab sich dem schwerelosen Liegen hin. Die Mauern der Kasbah waren nicht geeignet, die Haken für eine Hängematte zu tragen. So hatte sie damals einen Schmied gebeten, ihr eine stabile Halterung für ihr Netz zu fertigen, und sie hatte bis heute zahlreiche Stunden in ihrer Hängematte verbracht, lesend, träumend, immer schwebend und ein Stückchen dem Himmel näher. Da es ihr heute schwerfiel, sich auf das Buch zu konzentrieren, wanderten ihre Blicke über die Mauern der Kasbah, die wie eine verlorene Ritterburg mit ihren vier Türmen unwirklich inmitten der Wüste stand. Sie schaute auf die große Düne, auf die dunkelbraunen Zelte der Berber. Die Nomaden in ihren Gewändern wirkten dort wie lebendige weiße Punkte in dem gelben Sand.
Sophies Augen wanderten weiter zu den Bergen, die jetzt am Morgen grau wirkten, so grau wie die Haut einer riesigen Herde von Elefanten. Die Ausbuchtungen und Schluchten der Berge bildeten die letzte Bastion vor der großen Wüste der Sahara. Die ganze Landschaft war durch den Wind in einen Sandschleier eingehüllt. Sie selbst lag in einer windgeschützten Ecke.
Die Kasbah von Muad stand an dem Punkt der großen Karawanenstraße, die früher Zentralafrika mit Timbuktu verbunden hatte. Auf dieser berühmten Karawanenstraße

waren die Arbeitssklaven von Afrika durch die Wüste nach Marokko gebracht worden, weil man sie hier brauchte, um jährlich Millionen von Dattelbäumen abzuernten.

Um diese große Düne, die sich hinter ihrem Haus in der noch flachen steinigen Wüste erhob, hatte sich unter den Nomaden eine Legende gebildet. Muad hatte ihr die Geschichte eines Abends erzählt:

»Unter dieser Düne, die dem König von Marokko gehört, soll eine alte Kasbah begraben liegen. Es ist ein Gesetz, dass alles, was sich unter der marokkanischen Erde befindet, dem König gehört. In dieser alten Kasbah sollen angeblich noch viele Kisten mit Gold beladen lagern. Das Gold, das die Arbeit der Sklaven auf den Dattelplantagen eingebracht hatte.«

Muad hatte versucht, diese Düne zu kaufen, aber es war ihm nicht gelungen.

Der frühere Sultan von Marokko wollte die Nomaden und Beduinen, die dort von einem Land zum anderen wanderten, im Draa-Tal sesshaft machen, indem er jedem Clan viele Hektar Land schenkte, um sie an Marokko zu binden. Muad aber stammte aus einem alten, noch heute mächtigen Clan der Berber.

Mein Gott, dachte sie, was für eine verworrene Geschichte. Wie kam sie, Sophie von Contard, die Tochter eines Weingutsbesitzers aus Grünberg, dazu, sich in zwei marokkanische Berberbrüder zu verlieben?

Ein Windstoß bauschte ihren Kaftan, und der Sand wirbelte in ihr Gesicht. Schnell schloss sie die Augen und wünschte sich nach Marrakesch in ihr kühles Haus. Mein

Haus, wie das klang, ja, es war ihr Haus in Marrakesch, ihr Riad, wie man ihr kleines Hotel nannte, ein Gästehaus mit zwölf Zimmern und zwei kleinen Wohnungen, das sie mit Tante Josephine innerhalb von zwei Jahren umgebaut und aufgebaut hatte.
Dankbar dachte sie an Tante Josephine, deren Traum ein Haus in der Sonne gewesen war. Diese genoss die letzten Jahre ihres Lebens in ihrem Märchenschloss, wie sie es nannte. Sophie war, obwohl sie ihr Archäologiestudium abgebrochen hatte, doch mit dem Bauwesen vieler Länder vertraut. Beim Umbau ihres Hauses konnte sie ihr Wissen über Architektur in die Tat umsetzen. Aber nur weil sie drei begabte Handwerker gefunden hatte: einen Maurer, einen Tischler und einen Maler, denen es sozusagen im Blut lag, Schönheit zu bauen. Sie wunderte sich, dass es ihr mitten in der Medina, in der Altstadt, möglich war, einen Garten zu bauen, mit kühlenden Brunnen, verschiedenen Statuen, vielen Blumen. Ein Winkel des Gartens lag durch die hohen Mauern des Hauses immer im Schatten. Das war eine schöne Zeit für Sophie. Sie verdiente genügend Geld mit ihren wissenschaftlichen Reisen, und wenn sie nach Hause kam, war sie Baumeister, Einkäufer, Handlanger, Organisator für ihre begabten Handwerker. Eigentlich, dachte Sophie, waren sie Künstler. Sie schwelgten in Formen und Farben dieses von der Sonne verwöhnten Landes. Und sie dachte immer seltener an Tarik.
Wenn Josephines rheumatische Schmerzen es zuließen, wandelte sie von der Halle, in der ein Brunnen plätscherte, von Raum zu Raum auf den kühlen Böden aus far-

bigen Kacheln. Im obersten Stockwerk auf einer großen Terrasse war es ihr möglich, jeden Abend den Sonnenuntergang über Marrakesch zu bewundern. Die Farben der Häuser und Dächer, die durch die untergehende Sonne in ein glühendes Orange getaucht waren, entlockten der sonst kühlen und strengen Josephine begeisterte Jubelrufe.
»Was für ein Wunder, Sophie, was hast du da für ein Wunder an Vollkommenheit geschaffen. Ich bin so dankbar, dass Dorothee dich seinerzeit rausgeschmissen hat und du bei mir gelandet bist.«
Nach Josephines Tod verwaltete Theres, eine Wienerin, das Haus. Sie liebte dieses Leben in der Sonne, das Chaos und den Lärm in der Medina. Sophie hätte keinen geeigneteren Menschen für ihr Gästehaus finden können, um das sie selber sich nicht mehr kümmern konnte. Theres mochte die Beschäftigung, die sie mit immer neuen Menschen zusammenbrachte. Sie meinte, das erweitere ihren Horizont.
Es war ein merkwürdiger Tag, eine merkwürdige Stimmung, die sich durch das Heulen des Windes noch verstärkte. Sophie beschloss, ihre Freundin Theres anzurufen, und wählte ihre Nummer. Das Eigenartige in Marokko ist, dass viele Dinge nicht funktionieren, das Telefonnetz hingegen in der Wüste, im Hohen Atlas und selbst in den entlegensten Dörfern schon.
»Hallo, Theres, wie geht es dir? Hast du Gäste?«
»Oh, meine Liebe, das Haus ist voll«, stöhnte Theres, »hier findet ein Urologenkongress statt, und die Hotels sind überfüllt.«

»Weißt du, Theres, ich habe eben wirklich mit Sehnsucht an das Haus gedacht und natürlich an dich.«

»Sophie, schön, von dir zu hören. Ich habe auch an dich gedacht. Wir haben nämlich einen ganz interessanten Gast! Von dem muss ich dir erzählen.«

Sophie konnte an Theres' Stimme hören, dass diese vor Begeisterung fast platzte. »Dann erzähl mal«, forderte sie ihre Freundin lächelnd auf.

»Einer unserer Gäste ist ein Schamane aus der Schweiz«, begann Theres, »ein sehr netter Mann, ungefähr vierzig Jahre alt. Er hat als Mann eine sehr klare Ausstrahlung. Das machte mich neugierig, und ich fragte ihn, was er für einen Beruf hätte. Er sei Schamane, antwortete er, und sein Geld verdiene er als Informatiker.«

»Wer bildet denn in der heutigen Zeit Schamanen aus?«, fragte Sophie überrascht.

»Er erzählte mir, es gäbe eine Frau in Zürich und eine, die in Afrika lebt. Sie seien miteinander geistig verbunden, und seine Ausbildung bei beiden dauert schon einige Jahre. Da dachte ich, Sophie, Muad wäre glücklich zu erfahren, dass es auch anderswo in der heutigen Zeit solche Schamanen-Ausbildungen gibt. Sind die nicht ähnlich wie die Sufi-Ausbildungen?

Außerdem erzählte er mir eine ganz spannende Geschichte: Stell dir vor, es gibt dreizehn Großmütter auf der Erde zwischen achtzig und neunzig, zwei aus jedem Kontinent, die um die Welt fliegen, um die mütterlichen Liebesenergien der Länder zu verbinden. Gerade eben seien sie in Zürich gewesen und danach flögen sie nach Japan. Sie waren auch in Dharamsala und besuchten den Dalai Lama, der lange mit ihnen gesprochen hat. Sie hätten auch in Rom mit dem Papst sprechen wollen, aber da wurden sie quasi schon an der Pforte weggejagt, als alte Hexen, sozusagen, heidnisches Zeug.« Theres holte tief Luft. »Also, Sophie, das war so richtig Wasser auf meine katholischen Mühlen. Wie die Kirche in Rom sich heute noch benimmt! Nach wie vor wird alles Weibliche abgelehnt. Nicht einmal Respekt haben sie vor dem Alter und dieser mutigen Weiblichkeit.«

»Was für eine wunderbare, notwendige Geschichte, dass die Großmütter diese weiblichen Liebesenergien der Länder wieder erwecken, überhaupt die weiblichen Energien wieder ins Gleichgewicht bringen«, meinte Sophie. »Diese Geschichte werde ich Muad erzählen. Hat dir der Schamane auch erklärt, wie sie das finanzieren?«

»Hauptsächlich durch Spenden, und die Schweizer sind da am großzügigsten. Dieser Schamane, der so bescheiden wirkt, hat mich sehr beeindruckt.«

Sophie hörte Stimmen im Hintergrund.

»Entschuldige«, sagte Theres hastig, »ich muss Schluss machen, es kommen Gäste.«

»Ach, schade. Ciao, Theres.« Damit legte Sophie auf.

Während des Gesprächs hatte sie die Fliegen ganz vergessen. Sie fuchtelte mit ihren Armen wild vor ihrem Gesicht und verscheuchte die kleinen lästigen Ungeheuer. Dann schwang sie sich aus ihrer Hängematte. Es war Zeit, nach dem Mittagessen zu schauen.

In der Küche schnitt Halamit Paprikaschoten, große Zwiebeln und Tomaten für den Salat. In den marokkanischen Terrakottaschüsseln brutzelte schon den ganzen Morgen das Gemüse, dazu gab es Couscous. Sophie brauchte nur die Salatsauce anrichten, dann legte sie das geschnittene Gemüse auf neun Teller. Sie verwendeten keine Salatblätter, nur Gemüsesorten, die eine Schale hatten. Sie füllte die Salatsauce in viele kleine Fläschchen, damit jeder sich nach seiner Wahl bedienen konnte. Das Lachen der sechs jungen Männer hallte durch das Haus, dazwischen hörte sie das helle Lachen von Helena.

»Zu komisch, Großvater, dass die Holzpantinen des Meisters die Köpfe der Räuber über so eine große Entfernung getroffen haben. Was man mit einer Holzpantine nicht alles anstellen kann.«

Muad lächelte mild. »Ich freue mich, dass dir die Geschichte gefallen hat, Helena.« Er schaute zu seinen Schülern und in ihren Augen sah er, die Nahrung der Seele war angekommen.

Alle gingen in ihre Zimmer, tätigten vor ihrem Mittagsgebet ihre rituellen Waschungen und trafen sich in der Halle zum Gebet. Nachdem sie sich genügend gen Mekka niedergeworfen hatten, deckten sie den Tisch und trugen das Essen auf. Muad segnete es, und bei dem Gebet versuchte Helena ebenso nach innen zu blicken wie die jungen Männer an ihrer Seite. Sophie bemerkte es und dachte an Muads Worte: »Sei Beispiel. Die Menschen ahmen nach, die beste Schule der Welt ist die Nachahmung.«

Nachdem alles aufgegessen war, sorgte Sophie für eine Überraschung. Helena hatte Kaffee aus Wien mitgebracht

und Sophie zauberte daraus ihren berühmten Kaffee: Sie gab in die heiße Porzellankanne vier Esslöffel gemahlenen Kaffee, einen Teelöffel Kakao sowie eine Spur Zimt und Kardamom darüber. Das alles wurde mit heißem Wasser übergossen, dreimal umgerührt, etwas gewartet, bis der Satz sich senkte, und fertig war der beste Kaffee, jedenfalls für Sophie. Er schmeckte sanfter und weniger bitter. Die jungen Leute waren begeistert. Dazu reichte sie einen leichten Kokoskuchen zur Feier des Tages.
Sophie konnte oder wollte es sich nicht vorstellen, dass diese jungen Menschen, die sie so lieb gewonnen hatte, morgen ihr Haus verlassen würden und sie dann mit Muad hier allein sein würde. Helena würde noch ein paar Tage bleiben. Dann gäbe es nur noch das große Haus, die Wüste und sie beide allein. Muad wollte keine neuen Schüler mehr annehmen. Er bräuchte eine Zeit der Ruhe, der Selbstbesinnung. Jetzt verstand Sophie, warum Muad dieses gesagt hatte.

Muad und seine Studenten zogen sich zum Gebet zurück, um ihre Teppiche damit einzuweihen. Sophie fragte Helena, ob sie ihr in der Küche helfen könne, Kokosplätzchen zu backen. Sie mussten ebenso schnell aufgegessen werden, wie sie gebacken wurden, weil sonst die Ameisen diese Köstlichkeiten vernichteten.
Helena half bereitwillig mit und erzählte in der Küche von Wien, dass der Vater nie Zeit hätte, fast Tag und Nacht in der Klinik verbringen würde. »Weißt du, Oma, bei der Mama ist es auch nicht anders, weil sie die Praxis gleich

neben der Wohnung hat, isst sie zwar mittags mit mir, wir nehmen auch mal Kaffee und Kuchen zusammen, aber die Leute beanspruchen sie mit ihren kranken Kindern ebenfalls Tag und Nacht. Zwei Ärzte sollten eigentlich nicht heiraten«, seufzte sie. »Bei dir und Opa ist das anders. Ihr habt Zeit.«

»Oh, Helena, wir sind alt. Als wir jung waren, war das auch nicht anders. Ich führte mit Tante Josephine das Hotel und verdiente noch auf meinen Reisen das Geld. Zeit hatte ich damals eigentlich nie. Muad hat euch gestern erzählt, wie er mich in diesem Restaurant kennengelernt hat. Weil der Zufall es so wollte? Mir ist natürlich bewusst, dass es keinen Zufall gibt. Wir sind immer geführt, und es fällt uns zu, was geschehen soll. Wir trafen uns am selben Abend in der Wüste von Rajasthan bei dem Derwisch-Treffen, das Muad veranstaltete, wieder. Für meine Reisegruppe war das ein besonderes Ereignis. Ein Derwisch-Treffen in der Wüste von Rajasthan, da wollten alle dabei sein. Dieser Abend war sehr eindrucksvoll. Die Musik, die Tänze der Derwische, es wirkte unwirklich.« Was sie Helena nicht erzählte, wie verzweifelt sie damals gewesen war. Sophie kippte den Teig in eine große Schüssel und stellte das Blech bereit für die Plätzchen.

»Und wie weiter?«

»Nach der Veranstaltung setzte sich Muad zu mir. Wir unterhielten uns die ganze Nacht. Die Atmosphäre war durch den Tanz so aufgeheizt. Ich weiß nicht, wie ich es ausdrücken soll. Es herrschte eine solch starke Energie, dass man nicht hätte schlafen können. Muad fragte mich aus, wo ich lebe, was ich tue. Ich musste ihm alles erzählen. Er hörte nur zu, das kann er besonders gut, wie du weißt. Er hat mich in seiner Art und der besonderen Schönheit sehr beeindruckt. Du musst wissen, Muad war ein sehr schöner Mann. Er war fünfzehn Jahre älter als ich. Seine Ausstrahlung war unglaublich. Ich fühlte mich in seiner Nähe geborgen, so als ob mir nichts geschehen könne.«

Sophie gab einen Teil des Teigs in eine Kuchenform, nachdenklich strich sie mit einem Löffel die Kuchenmasse glatt. »Muad gab mir nur seine Karte. Wenn ich Sorgen hätte, sollte ich in Marrakesch in sein Teppichgeschäft kommen. Damals hatte ich schon das Haus mit Josephine in Marrakesch. Er handelte weltweit mit Berberteppichen. Vielleicht würde ich ihn da treffen, vielleicht, Inschallah …? Siehst du, Helena, ich traf ihn nach einem Monat wieder, und Muad hat mich geheiratet.« Dass sie damals im vierten Monat schwanger gewesen war, verschwieg sie.

»Für einen Moslem war es nicht einfach, eine Europäerin zu heiraten, die nicht zum Islam konvertieren wollte, weil sie an dem Glauben ihrer Eltern, der Hugenotten, festhielt. Alles das nahm er in Kauf. Ach Helena«, seufzte Sophie, »dein Großvater ist der vollkommenste Mensch, der mir begegnet ist.« Sie bestreute den Kuchen mit Kokosflocken. »Du kannst die Plätzchen ausstechen und auf die Bleche legen, meine Große.« Sie nahm Helena in die Arme. »Ich bin so dankbar, dass du im Moment in meiner Nähe bist.« Nach einer Pause fragte sie: »Hast du dir eigentlich schon Gedanken gemacht, was du einmal werden willst, Helena?«

»So ein Mensch wie der Großvater«, platzte Helena heraus. »Oder ich werde Kinderärztin wie die Mutti.«
»Beides nicht schlecht, mein Kind.« Sie hatten die Plätzchen auf das Blech geschichtet, mussten aber warten, bis der Kuchen in der Röhre fertig war. »Ich bereite mir jetzt eine Tasse richtigen Kaffee zu, damit ich den heutigen Anforderungen gewachsen bin.« Sophie zauberte erneut ihren wunderbaren Gewürzkaffee, und es blieb nicht bei einer Tasse. Helena beteiligte sich ebenfalls.
Sie schwatzten und genossen den Kaffee, bis der erste Kuchen fertig war und sie die Bleche hineinschieben konnten. Hoffentlich reicht alles. Aber Sophie wusste auch, dass die Derwische bei einem solchen Treffen aus ihrer Heimat Kostbarkeiten mitbringen würden. Heute Abend würde es nur Tomatensuppe geben. Die hatte Sophie schon gestern zubereitet. Dazu gab es das gewürzte, wohlschmeckende Brot des Draa-Tals.

Die Schüler und Muad waren noch bei ihren Gebeten. Ein entscheidender, bedeutsamer Augenblick in ihrem Leben. Sie alle, da war sich Sophie sicher, wollten so werden wie Muad.
Da durchbrach Motorenlärm die Stille. Sophie und Helena liefen an das Eingangstor, um die Autos einzuweisen und die Gäste zu empfangen.
Acht Männer, in weiße Jallabahs gekleidet, sprangen aus ihren Autos und begrüßten Sophie und Helena.
»Muad und seine Studenten meditieren gerade«, erklärte Sophie höflich. »Sie haben eine lange Reise hinter sich,

wollen Sie sich nicht frisch machen? Ich begleite Sie in Ihre Zimmer, die Sie sich zu zweit teilen müssten. Und, Helena, bitte schau nach den Plätzchen, ich bringe inzwischen unsere Gäste nach oben.«

Eine Weile später trafen sich Muad und seine Studenten mit den Derwischen in der Halle. Sie kreuzten die Arme über der Brust und verneigten sich voreinander.
»Was für eine Freude, meine Brüder, euch zu sehen.« Muad umarmte jeden Einzelnen von ihnen. »Darf ich euch in mein Zelt bitten? Dort warten schon die Nomaden aus dem Dorf mit Pfefferminztee.« Er wandte sich zu Sophie. »Wir gehen alle ins Zelt, meine Liebe.«
Sophie stellte die Frage nicht, wann sie essen wollten. Wenn sie essen wollten, würden sie kommen. Sie bereitete einfach alles vor. Sie deckte für neunzehn Menschen den Tisch. Frauen hatten heute an der langen Tafel nichts zu suchen. Die Schüler würden bedienen. Sie wandte sich an ihre Enkelin. »Wenn wir fertig sind, Helena, verschwinden wir beide, bis sie uns wieder rufen. Wenn du willst, legen wir uns gemeinsam in die Hängematte. Heute ist Männertag.«
Sie stellte den großen Topf Tomatensuppe auf den Herd, brach das Brot, legte es in Körbchen und deckte es mit Servietten zu. »Halamit, stell bitte immer wieder genügend Wasserflaschen kalt. Ich denke, damit ist alles getan.«
Die kleine Berberin nickte.
»Komm, Helena.«
Doch Helena wollte sich lieber in ihr Zimmer zurückzie-

hen. »Ich bin noch nicht an diese Hitze gewöhnt, bis später, Oma. Ich esse lieber nicht, ich trinke nur Wasser.« Dann nahm sie sich eine große Flasche Mineralwasser und ging damit die Treppe hoch in ihr Zimmer.
Es war plötzlich still im Haus. Selbst der Wind hatte sich zur Ruhe gelegt. Sophie hätte nicht gedacht, dass sie heute noch einmal Zeit finden würde, um sich in ihre geliebte Hängematte zu legen, aber es war so. Von ferne hörte sie die Gespräche der Männer im Zelt, aber sie verstand sie nicht.
Im Zelt saßen die acht Derwische auf der einen Seite des Tisches, die Schüler ihnen gegenüber. Altmodische Teekannen und schöne grüne, goldverzierte Gläser schmückten den Tisch. Pfefferminztee zu trinken war ein Ritual. Die Nomaden saßen ehrfürchtig auf dem Boden. Sie verehrten diese klugen Männer. Allen voran Muad. Die Sufis benutzen den platonischen Dialog, bei dem durch eine kluge Frage eine vielleicht noch klügere Antwort gefunden werden konnte.

Sophie, die nun in ihrer Hängematte lag, dachte daran, dass diese Versammlung von achtzehn Männern zu Zeiten des alten Königs nicht möglich gewesen wäre. Damals galten Sufis, obwohl es sie natürlich insgeheim gab, als Ketzer, und das nicht nur in Marokko. Der junge König Mohammed VI. hatte erkannt, dass ein friedfertiger Sufi heilsam für sein Land ist. Er befürwortete in seinem Land einen friedfertigen, sanften Islam.
Sophie fand besonders aufregend, dass der König fünfzig

Frauen als Lehrerinnen beauftragt hatte, die die Frauen, die von allem Wissen bisher ferngehalten wurden, den Koran lehren sollten. Sophie dachte mit Freude an diese wunderschöne, moderne Schule nicht weit hinter ihrer Kasbah, die für das Draa-Tal und dessen verstreute Oasendörfer vom jetzigen König gebaut worden war. Die Schüler kamen aus allen Richtungen mit dem Rad oder auch viele Kilometer zu Fuß in diese Schule, die mitten in der Wüste lag. Dieses vergessene Tal hatte jetzt die Chance, durch das Wissen der Kinder aus dem Mittelalter herauszuwachsen.

In Tamegroute gab es dieselbe Situation. In einer ebenso großen, modernen Schule hatten tausend Schüler am Morgen Unterricht und die anderen tausend am Nachmittag. Aber wie, dachte Sophie, wie sollten diese vielen Kinder eines Tages Arbeit finden? Das würde das nächste Problem für den König werden.

Ihre Gedanken wanderten zu dem alten, zierlichen Mann, der in der Bibliothek von Tamegroute mit einer Art Besen, aus Weidenruten gebunden, unablässig die Fliegen verscheuchte. Sophie liebte es, durch die von Sufi Siddhi Ben Nazer gegründete alte Bibliothek zu schlendern, in der sie die handgeschriebenen, mit Ornamenten und Schriftzügen farbig gestalteten, aufgeschlagenen, uralten Bücher bewunderte, die sich hinter Glas in großen, schön gearbeiteten Schränken befanden.

Tamegroute war ein vorislamischer Wallfahrtsort. Die alten, kranken Menschen kamen seit jeher zum Sterben in diese alte, heilige Stätte, um ihren Sterbeprozess zu heiligen. Die Sterbenden liegen im Hof der Moschee, im Schatten der Säulengänge, und werden vom Dorf verpflegt, bis sie hinübergehen.

Im Moment glich das Dorf einem großen Bauplatz. Man konnte sich nicht vorstellen, dass innerhalb dreier Monate bis zur Einweihung durch den König, der das ganze Projekt finanzierte, dieses große Bauvorhaben abgeschlossen sein könnte. Bis zur Einweihung durch den König würde man Zeuge eines großen Schauspiels der Veränderung werden. Alles würde geputzt werden, Straßen ausgebessert, Straßenschilder gerade gebogen oder überhaupt erst aufgestellt, Häuser gestrichen, Bäume gepflanzt, Fahnen genäht. Sophie konnte sich vorstellen, wie es sein würde, wenn der König mit seiner Entourage anreisen und wie ein Sturm der Zivilisation über Tamegroute hinwegrauschen würde, um sich am Ende der Feier mit seinem Hubschrauber in die Lüfte zu erheben, und der Sand der Wüste über die Häupter seiner Untertanen regnen lassen würde.

In diesem Moment erschien Muad bei Sophie, die gedankenverloren in ihrer Hängematte schwang. »Wie geht es dir, meine Schöne? Ich kann dich vollkommen entlasten, sei nicht enttäuscht, aber die Nomaden betrachten es als eine große Ehre, uns alle zu versorgen. Wir würden sie kränken, wenn wir es nicht annehmen würden. Ich habe ihnen mehr als genug Geld gegeben, das ihnen weiterhelfen wird. Stell dir vor, sie haben ein Lamm gebraten, Couscous zubereitet, Gemüse gegrillt. Wir alle essen daher im Zelt, ich hoffe, es ist dir recht. Wie du weißt, erwarten wir

noch vier Freunde. Wenn sie kommen, sei bitte so lieb und schick sie zu uns.«
»Ja natürlich, Muad.« Ergeben schwang sich Sophie aus ihrer Hängematte. »Es wird immer alles geändert, das kenne ich schon. Nehmt wenigstens das Geschirr und das Besteck vom Tisch.«
»Das ist gut so, meine Liebe. Wenn es so weit ist, schicke ich die jungen Männer. Sei bitte nicht böse, Sophie, es ändert sich manchmal alles von einem Augenblick zum anderen.« Er wandte sich ab und ging durch den Sand zum Zelt. Sophie ging in die Küche. Sie nahm die Suppe vom Herd und ärgerte sich. Alles für die Katz, die ganzen Einkäufe gestern, die ganze Mühe, dachte sie.

Die übrigen Derwische trafen ein. Sie begleitete sie in ihre Zimmer und bat sie, nachdem sie sich frisch gemacht hatten, ebenfalls ins Zelt zu Muad zu gehen.
Sophie hatte sich auf viel Stress und Hektik eingestellt. Aber nun, auf einmal, hatte sie Zeit. Sie klopfte bei Helena an die Tür, aber diese lag auf ihrem Bett und wachte nicht einmal auf, als Sophie ins Zimmer schaute und leise ihren Namen rief.
Sie legte sich wieder in ihre Hängematte und schaute in die Weite. Die Berge waren jetzt hellbraun. Unter dem grauen Staub sah man die Spuren von gelbem Sand. Nach dem kräftigen Wind war alles blank geputzt. Man konnte die Häuser von Tamegroute sehen, die wie aus dem Erdboden herauswuchsen, und etwas heller den Wasserturm, das Wasserschloss, wie die Einwohner es nannten.

Ihre Blicke wanderten zu den Dattelbäumen, die der Landschaft etwas grüne Farbe schenkten. Ein Motorrad fuhr über den beigebraunen Sand. Da man den Motor nicht hörte, sah es aus, als ob es über den Sand gleiten würde. Aber sonst herrschte Stille, die nur unterbrochen wurde von Gesprächsfetzen aus dem Zelt.

Die Kasbah mit ihren Mauern und den vier Ecktürmen wirkte wie eine Burg. Der Sand türmte sich an der Innenseite der Mauern, die die Kasbah weitläufig umringten, und verstärkte den Eindruck einer Schutzburg, verstärkte aber auch den Eindruck von Einsamkeit.

Absolut nichts. Außer Weite, Sand und endlosem Himmel. Aber sie hatte es so gewollt.

5

Webe und wirble im heiligen Tanz
Tanze, o Herz, du bist ein wirbelnder Kreis
Brenn in der Flamme.

Mevlana Celaleddin Rumi

Erinnerungen stiegen erneut in ihr auf. Erinnerungen an die Hotelhalle, in der sie Tarik nach neun Jahren wiedergesehen hatte. Wie vom Schlag getroffen standen sie beide sich gegenüber. Tarik wurde von einer schönen, jungen, offensichtlich reichen Marokkanerin begleitet.
Er rang genau wie sie um Fassung, stellte die beiden Frauen einander übertrieben höflich vor. »Meine Frau, eine Studienkollegin aus Wien.«
Sophies Knie wurden weich. Sie grüßte diese Frau freundlich, drehte sich um, fasste Tante Josephines Arm und zerrte diese fluchtartig in eine andere Richtung.
»Wer war denn das?«, fragte Josephine erstaunt. »Warum bist du denn plötzlich so hektisch?«
»Das war Tarik, die Geschichte aus Wien, erinnerst du dich? Seinetwegen hat mich Dorothee rausgeschmissen, deswegen bin ich bei dir gelandet.«
»O je«, sagte Josephine, »der sieht ja auch noch gut aus.«

In diesem Moment stand Tarik hinter ihr. »Wieso bist du in Marrakesch?« Er wirkte völlig außer sich. »Wieso bist du damals in Wien einfach verschwunden? Warum?«
Sophie versuchte, die Fassung zu wahren. »Tarik, das ist meine Tante Josephine.«
Er verbeugte sich höflich. »Eine andere Tante?«, fragte er. »Ja, eine andere Tante.« Damit hatte er Josephine, warum auch immer, für sich gewonnen.
»Sophie, ich muss dich sehen. Wir müssen miteinander reden.«
Tante Josephine sagte harmlos: »Wir wohnen gegenüber dem arabischen Hotel. An der Haustür steht nur Riad.«
»Danke, Tante Josephine, Sie sind ein Engel.« Er warf Sophie noch einen bittenden Blick zu und verließ die beiden.
Sophie schwankte zwischen Freude und Grauen. Er kam doch aus dem Hohen Atlas. Wieso wohnte er in derselben Stadt wie sie? Und er war, sie wagte nicht weiterzudenken, verheiratet. Ja, Sophie, verheiratet. Sie hatte geglaubt, sie hätte diese Geschichte mit Tarik aus ihrem Gedächtnis gestrichen. Doch nun kamen all ihre Gefühle mit voller Wucht zurück. »Nein«, schrie es in ihr, »und doch, ja, ich will wieder mit ihm sein!« Wie hatte sie dies nur die vielen Jahre verdrängen können?
Abends in ihrem schönen Heim meinte Josephine gelassen: »Schau, mein Kind, du bist doch noch jung. Du bist jahrelang dem Leben und der Liebe regelrecht ausgewichen, hast nur gearbeitet. Glaubst du, dass der Sinn des Lebens aus Arbeit besteht?«

»Was ist denn der Sinn des Lebens, Josephine? Bestimmt nicht, dass man einen verheirateten Mann liebt?«
»Du liebst ihn also immer noch«, stellte ihre Tante fest und nahm sie in die Arme. Diese freundliche Geste brachte das Fass zum Überlaufen. Sophie fing jämmerlich an zu weinen. Ihre Tapferkeit, ihr Stolz hatten sie die ganzen Jahre über aufrechterhalten. Jetzt brach sie zusammen.

Sophie stöhnte leise in Erinnerung an diesen Abend mit Josephine. Sie hätte weglaufen, sofort wegziehen müssen, um dem Schicksal Tarik zu entgehen. Warum überfielen sie diese Erinnerungen an Tarik, seitdem Muad gestern Abend mit ihr über ihn gesprochen hatte? Vielleicht auch, weil sie in Helena Tarik wiederzuerkennen glaubte. Ihre kindliche Schönheit, auch ihr ungestümes Wesen spiegelte ihren Großvater wieder.
Muad sieht das doch bestimmt auch, aber er würde sich nichts anmerken lassen. Er spielte perfekt den glücklichen Großvater. War er es wirklich? War Muad mit ihr überhaupt glücklich? War die Ehe mit ihr nicht eher eine Art Selbstkasteiung? Er beteuerte zwar immer wieder, er hätte ihr gegenüber eine Schuld aus einem früheren Leben abzutragen, wo er sie einst schutzlos und verraten zurückgelassen hätte. In diesem Leben hingegen wolle er alle seine Schulden, soweit es ihm gelänge, abtragen, um ohne Gepäck hinüberzugehen.
Dagegen frage ich mich, sinnierte Sophie, was habe ich mir für Schulden aufgeladen, dass er meinen Sohn als den seinen ausgegeben hat, dessen Erziehung und Ausbildung

getragen, finanziert und mir die Sicherheit einer Ehe in Marokko geschenkt hat? Außerdem habe ich Tarik seinen Sohn vorenthalten. Vielleicht wäre es ein Trost für ihn gewesen, als er seine beiden Kinder und seine schöne Frau bei einem Autounfall im Atlasgebirge verloren hatte.

Muad hatte ihr damals zu bedenken gegeben: »Sophie, du hast jetzt die Chance, es ihm zu sagen. Ich weiß, ich könnte dich verlieren. Es ist deine Entscheidung, und ich werde sie mit dir tragen.« Das waren Muads Worte gewesen. Hätte sie da wirklich eine Chance gehabt? Wie charakterlos wäre sie sich vorgekommen. Vielleicht hatte Tarik eine gerechte Strafe verdient?

Wofür, meine Liebe? Dafür, dass er trotz Ehe ein Jahr lang mit dir eine Affäre hatte? Du hast es ja gewusst und getan, fast wärst du als Zweitfrau zufrieden gewesen. Aber eine Scheidung kam für Tarik seiner Karriere wegen nicht infrage.

Sophie hörte aus der Küche Geschirr klappern. Sie nehmen also doch das saubere Geschirr, dachte sie. Aber da niemand sie holte, blieb sie in der Hängematte liegen. Es war offensichtlich ein Tag für Männer. Sie war es gewohnt, dass Frauen ausgeschlossen wurden. Noch, dachte sie, in diesem von Männern geprägten Islam. Zu viel Patriarchat, das ging ihr ziemlich auf die Nerven. Das ist bei den Sufis auch nicht viel anders. Sophie, sei nicht ungerecht. Muad hat dich vergöttert. Alles, was du wolltest, hat er dir gestattet.

Sophie schaute jetzt wieder in die Weite. Das warme, weiche Licht des Morgens war dem grellen Licht des Tages

gewichen. Der Sand wirkte jetzt braun, und die Berge sahen aus wie metallene Elefanten. Abends würde das Grau in ein Violett übergehen. Sie liebte dieses Farbenspiel der Wüste. Die einzige Abwechslung, die sie hatte.
Am liebsten würde sie jetzt aufstehen und zu Doris Eis essen fahren. Warum eigentlich nicht? Sie stand auf, klopfte an Helenas Zimmertür. »Mein Kind, wir Frauen sind heute nicht erwünscht. Kommst du mit nach Tamegroute, ein Eis essen? Bestimmt hat Doris auch schönen Kuchen.«
Helena, mittlerweile wach und erfrischt, schlüpfte begeistert in eine Jeans und ein Leinenhemd, und sie fuhren mit Sophies Auto aus dem Tor. Muad würde sich denken können, wo sie waren, wenn er sah, dass ihr Auto fort war. Sie fuhren über die holprige Wüstenstraße die zwei Kilometer nach Tamegroute. Doris freute sich über ihren Besuch und bat die beiden in das große Zelt, das in ihrem großzügigen Garten aufgebaut war. Sie servierte Sorbet und extra für Helena kleine Köstlichkeiten, Törtchen aus Marrakesch. »Die sind nur für junge Mädchen geeignet«, lachte sie, »wir älteren würden zu dick.«
Doris, eine Schweizerin, die seit Jahren mit einem wunderschönen Berber in Tamegroute lebte und dort ein Restaurant führte, war groß und schlank. Wie ein Wunder kam es Sophie vor, dass sie in dieser Hitze, an diesem staubigen Ort das köstliche Eissorbet von Doris genießen konnten. »Wir haben heute eine Tiefkühltruhe bekommen, ab jetzt geht's erst richtig los«, erzählte Doris begeistert.
»Ich glaube, bei dir wird es so richtig losgehen, wenn der König den Ort feierlich eingeweiht hat und Menschen

verschiedener Couleur in dein Café einfallen werden«, prophezeite Sophie lächelnd.

»Inschallah ...«, seufzte Doris hoffnungsvoll und ließ es sich nicht nehmen, sie einzuladen.

Langsam fuhren sie die schmale Straße zurück. »Oma«, sagte Helena, »es sieht hier so aus, als ob die Zeit stehen geblieben wäre, wie im Mittelalter.« Am Wegrand kauerten schwarz verhüllte Frauen mit traurigen, verhärmten Gesichtern. Ihre Kinder saßen im Sand daneben und warteten auf einen Omnibus oder ein Gemeinschaftstaxi, die sie in ihre verstreut liegenden, schwer zugänglichen Oasen bringen sollten.

»Mich erschüttert diese Armut, dieser schreckliche Staub, die Fliegen, die vielen Kinder, was soll bloß aus ihnen werden?« Helena fing unvermittelt an zu schluchzen.

Sophie legte ihre rechte Hand tröstend auf das Knie ihrer Enkelin. »Beruhige dich, mein Kind, sei froh, dass du in Wien lebst, studieren kannst. Eine Weile wirst du es bei uns schon aushalten. In vierzehn Tagen bist du wieder daheim.«

Als sie am Haus ankamen, stand Abdullah aufgeregt in der Tür. »Wo wart ihr denn, wir haben euch überall gesucht! Muad hat gesagt, Kaffee und Kuchen gäbe es im Haus.«

»In zehn Minuten sind wir so weit«, erwiderte Sophie, schon im Gehen. »Helena, du deckst den Tisch, ich bereite den Kaffee zu, es sind neunzehn Personen ohne uns.«

Als Sophie mit Kaffee und dem Kuchen die Halle betrat, saßen dort neunzehn Männer in ihren landesüblichen weißen Mänteln. Es war ein eigenartiges Bild. Sophie blickte ihre Enkelin an, die sie im Gegenzug verwundert anschaute. »Mittelalter«, las Sophie im Ausdruck ihrer braunen Augen.

Alle standen auf und verbeugten sich mit der rechten Hand auf ihrem Herzen vor der Dame des Hauses, was wiederum sehr altmodisch, aber elegant wirkte. Sophie nickte ihnen zu. »Meine Herren, ich hoffe, der Kaffee schmeckt Ihnen, er wurde aus Wien mitgebracht. Den Kuchen haben meine Enkelin und ich selbst gebacken.«

Damit waren die Damen entlassen, denn die Prüflinge waren heute auch Mundschenk.

Sophie hakte Helena unter und sagte: »Wenn wir hier auch total out sind, können wir hier doch über hundert Fernsehprogramme empfangen. Komm, wir haben noch ein bisschen Zeit, wir machen es uns noch gemütlich.«

Noch vor Sonnenuntergang, in dem goldenen Licht, sollte der Tanz der Derwische stattfinden. Muad schaute zur Tür herein und lächelte, als er die beiden Frauen auf der Ottomane sah, die sich in einen englischen Film vertieft hatten. »Wir ziehen uns jetzt um, meine Lieben, macht euch ebenfalls schön.« Sophie schlüpfte in ein schwarzes Seidenkleid, darüber warf sie einen dünnen schwarzen Mantel, den sie auf ihren Reisen in Abu Dhabi gekauft hatte. Er war ganz dezent mit Glitzersteinen bestickt, worin sie sehr elegant aussah. Um den Kopf schlang sie einen dünnen Voileschal.

Helena hatte ein weißes Leinenkleid angezogen, das ihre Knie bedeckte, und Sophie legte auch ihr ein Tuch um den Kopf. »Muss das sein?«, fragte Helena zweifelnd.

»Respekt, meine liebe Helena.« So ergaben Großmutter und Enkelin ein kontrastreiches Bild.

Während sie sich dem Zelt näherten, legte Sophie ihren Arm um Helenas Schultern. Um das Zelt herum saßen die Nomaden der ganzen Umgebung. Helena legte ihren Arm um Sophies Taille. »Nur wir zwei Frauen?«, fragte sie erstaunt.

»Ja, nur wir zwei. Weißt du, mein Kind, Muad hat sich sein ganzes Leben mit mir, als evangelischer Christin, sehr viel getraut und vielleicht auch sehr viel zugemutet.«

Die untergehende Sonne erfüllte einen Teil des Himmels jetzt mit goldgelbem Licht. Die Trommeln setzten als Erste ein. Dann hörte man die Musik. Doch Helena konnte nicht erkennen, wo die Musik herkam. Es wurde seltsam feierlich, als ob die Natur sich veränderte und den Atem anhielt.

Die Derwische und die Schüler bildeten still und konzentriert einen großen Kreis, langsam kreuzten sie die Arme über der Brust, verneigten sich tief, dann begannen sie, sich zu drehen, langsam zunächst, um dann in einer mühelosen fließenden Bewegung schneller zu werden. Der Rhythmus der Musik steigerte sich allmählich und wurde zwingend. Die Umdrehungen der Derwische wurden ebenfalls schneller. Ihre Röcke bauschten sich, die rechten Hände flogen nach oben, öffneten sich zum Himmel, und die linken Hände zeigten zur Erde. Ihre Köpfe neigten sich leicht nach links, und ihre Augen waren offen, doch ihr Blick haftete nirgends.

Sophie flüsterte eine Erklärung: »Helena, sie verbinden

die Energien des Himmels mit der Erde, und ihre Köpfe neigen sich in eine andere Welt, aber ihre Körper drehen sich in dieser. Mit ihnen kreisen alle Sterne, Planeten und unzähligen Welten um diesen unbewegten Punkt. Die Himmel antworten, und all diese unsichtbaren Reiche reihen sich ein in den Tanz.«

Helena schaute atemlos gebannt dem immer wilder werdenden Tanz der Sufis zu.

Auf einmal ein Aufschrei und Muad fiel kerzengerade aus der Reihe in den Sand. Sofort stand alles still. Einer schrie: »Eine Decke!« Sophie sprang hoch, eilte erschrocken zu Muad und kniete sich vor ihm hin.

Einer der Männer sagte: »Madame, ich bin Arzt«, und versuchte, ihn wiederzubeleben. Aber es war zu spät.

»Ein Brett, eine Bastmatte, legen wir ihn auf den Tisch.« Der Arzt legte seinen Arm um Sophie und führte sie behutsam ein paar Schritte weg. »Es tut mir sehr leid, Madame, aber Muad ist von uns gegangen. Wir bitten Sie, gefasst ins Haus zu gehen. Was jetzt zu geschehen hat, ist Männersache. Wir bitten Sie um Rosenwasser, Moschus und sechs Meter weißes Leinentuch. Das hat Muad bestimmt in seinem Schrank. Er hat Sie sicher aufgeklärt, Madame. Für Muad bedeutet sein Tod seine Erlösung, und wir, Madame, sind glücklich, dass wir ihn dienend begleiten dürfen bis zum Grab. Er war einer der ganz wenigen großen Menschen auf unserer Erde.«

Sophie blieb ruhig, nahm die völlig verstörte Helena in den Arm und führte sie ins Haus. Sie bemerkte, dass nur ein Rest des goldenen Lichtes über Tamegroute zu sehen war. Sieht ihm ähnlich, dachte Sophie, dass er mit dem Verglühen der Sonne gegangen ist. Sie tröstete ihre Enkelin, holte alles, was man ihr aufgetragen hatte, und brachte es nach draußen.

Muad hatte man inzwischen im Zelt auf dem großen Tisch aufgebahrt. Es sah aus, als ob er schliefe. »Wenn wir fertig sind, Madame, können Sie ihn noch einmal sehen. Wir bleiben die Nacht bei ihm hier draußen. Morgen früh müssen wir ihn vor dem Mittagsgebet beerdigt haben. Es tut mir leid, Madame, aber auch da dürfen Sie nicht dabei sein. Sie dürfen das Grab erst nach vier Tagen besuchen, das ist der Brauch.«

»Ich weiß«, sagte Sophie ruhig und ging zurück ins Haus. Helena saß in der Halle und weinte. Sie hatte, obwohl Arzttochter, den Tod noch nie so nah erlebt. Und jetzt war auch noch vor ihren Augen ihr geliebter Großvater gestorben.

Sophie setzte sich zu Helena, nahm ihre Hände, streichelte diese. »Beruhige dich, mein Kind. Muad würde es nicht wollen, dass wir weinen. Für ihn und alle Sufis ist der Tod die Wiedervereinigung mit Gott, den sie so lieben. Also ein Freudenfest. Ein Jubelschrei. Geben wir beide Muad die Ehre, mein Kind, und weinen nicht. Freuen wir uns, dass er seine sterbliche Hülle verlassen durfte und sein Geist vielleicht über uns schwebt und uns segnet. Es gibt keinen wirklichen Tod, meine Kleine, nur das immerwährende, ewige Leben. Muad war so ein großer, weisheitsvoller Sufi, er hat mich viel gelehrt.«

Helena trocknete ihre Tränen. »Es geschah nur so plötzlich, Oma.«

»Ja, das Leben hat das so an sich, dass alles so plötzlich geschieht, für uns unerwartet. Komm, wir wollen überall Kerzen anzünden und Muad auf seiner neuen Reise begleiten. Nach unserem Brauch.«

Helena bewunderte in diesem Augenblick ihre Großmutter sehr. Für sie, die in einer Großstadt aufgewachsen war, war die Großmutter in diesem Haus, das wie eine Burg aussah, ein Teil der Märchenwelt ihrer Kindheit. Sie sah, mit welcher Haltung Sophie diesen plötzlichen Schicksalsschlag ertrug. Was für eine Frau, dachte Helena bewundernd.

Sophie hatte inzwischen große Kerzen gebracht, diese stellten sie überall auf. »Mögen sie Muad auf seiner Reise Licht spenden.« Während sie die letzte Kerze anzündete, sagte Sophie leise: »Ich danke dir, mein geliebter Muad.« Dann setzten sie sich auf eines der Sofas, schauten in das Licht der Kerzen und waren still. Ab und zu kam einer der Männer ins Haus und holte etwas aus einem Zimmer. Anscheinend blieben sie wirklich alle bei Muad im Zelt.

Helena schlief vor Kummer und Erschöpfung bald ein. Sophie erkannte nun, dass Muad gestern Abend wirklich gewusst hatte, dass er gehen würde, deshalb hatte er mit ihr sprechen wollen. Darum hatte er so eindringlich zu ihr gesagt: »Dein Leben geht weiter, vielleicht fängt es überhaupt erst an.«

Wie sollte ihr Leben weitergehen? Ihr Schutz, ihr Fels war gegangen. Muad war es, der sie damals aus dem Tal ihrer Verzweiflung herausgezogen hatte, als sie ihm damals in Rajasthan erzählt hatte, dass sie von einem verheirateten

Mann ein Kind erwartete. Er war großherzig und gerecht gewesen, eine tröstende Quelle. Sophie hatte immer das Gefühl gehabt, dass er mehr sah, als er aussprach. Er erkannte die Menschen, die ihm begegneten, in ihrer ureigensten Substanz. Ohne jemals zu urteilen, nahm er jeden Einzelnen so an, wie er war.

»Du, meine liebe Sophie, solltest als Erstes das Urteilen lassen, es erspart dir viel Leid!« Wie oft hatte er dies zu ihr gesagt. Leider fiel ihr gerade dieses Nichtbeurteilen besonders schwer. Überall lernt man, Dinge, Ereignisse, Verhaltensweisen zu beurteilen. Was hatte Muad immer gesagt? »Nimm alles Geschehen, was in der Welt passiert, als von Gott gegeben an. Wenn du urteilst, verurteilst du, damit richtest du auch Gott.«

In seiner Nähe gelang es ihr, die Ereignisse ihres Lebens gelassener zu ertragen. Sie seufzte tief. Aber jetzt hatte er sie verlassen. Sie durfte ihn nicht enttäuschen. Tarik ... Wie sollte sie ihm begegnen? Sie würde ihm sagen müssen, dass Binjamin, Helenas Vater, sein Sohn war.

Vor langer Zeit, als sie schon mit Muad eine Zeit lang verheiratet gewesen war, begegneten sie überraschend Tarik und seiner Frau im Restaurant Marmonia. Muad stellte seinem Bruder Tarik Sophie als seine Frau vor.

Tarik konnte sich nicht beherrschen. Es entfuhr ihm richtig: »Du bist die Frau meines Bruders?«

Sophie und Tarik hatten sich fünf Jahre, seitdem sie damals aus Marrakesch spurlos verschwunden war, nicht mehr gesehen. Muad fühlte, was in Tarik vorging. Er legte seine Hand besänftigend auf dessen Schulter, gütig, den Bruder

verstehend, sagte er: »Ja, Tarik, sie ist meine Frau.« Er sagte nicht: »Jetzt ist sie meine Frau.«
Sophie bewunderte Muad an diesem Abend, der diese unangenehme Situation souverän löste. Er unterhielt die Ehefrau Tariks humorvoll mit interessanten Geschichten aus Indien, damit Sophie und Tarik Zeit blieb, ihre Fassung wiederzufinden. Das war vor achtunddreißig Jahren gewesen. Danach waren sie sich nie mehr begegnet. Schluss jetzt!, dachte Sophie, stand auf und ging aus dem Haus ins Zelt.
Von Weitem sah sie die Schüler Muads, die an seinem Kopf- und Fußende standen und die Totenwache hielten. Die zwölf Derwische saßen auf dem Boden um sie herum im Kreis. Sie rezitierten Suren aus dem Koran. Das Bild, das sich ihr hier bot, hatte etwas unwirklich Heiliges.
Leise nahm sie Abschied von Muad, der ihr Mann gewesen war. Der Tod verlieh seinem Körper eine majestätische Würde, die keinen Schmerz zuließ. Sophie verbeugte sich tief vor diesem Menschen. Sie spürte, er war aufgehoben in seiner Bruderschaft. Da gehörte sie nicht hin. Genauso lautlos, wie sie gekommen war, ging sie wieder ins Haus. Sie setzte sich erschöpft neben die schlafende Helena, und irgendwann nahm auch sie der Schlaf in seine Arme.

6

Ich fragte einen Jungen, der eine Kerze trug:
»Sag, von woher kommt das Licht?«
Da blies er es aus. »Sag mir, wohin es ging –
dann sage ich dir, woher es kam.«

Hasan von Basra

Muad ist tot. Mit dieser Gewissheit erwachte Sophie am frühen Morgen. Helena schlief noch. Sophie schlich in ihr Zimmer, duschte, zog sich ein weißes Kleid an. Muad würde es so gewollt haben. Langsam stieg sie die Treppen wieder herunter. Das Haus fühlte sich leer und übergroß an. Sie war allein mit Helena, die noch ein Kind war, in der Wüste, in der Nähe von Algerien, was nicht ungefährlich war. Alle Derwische und Schüler würden sie heute verlassen, selbst Abdullah würde morgen wieder zu seinem Clan zurückkehren.

Sehr gefasst ging sie noch einmal ins Zelt. Muads Körper war jetzt mit Tüchern zugedeckt. Wegen der Fliegen, dachte sie, soll das auch so bleiben. Ich behalte ihn so, wie er war, in meinem Gedächtnis. Sie würde nicht verlangen, ihn noch einmal zu sehen. Keine Fliege sollte Muads Ruhe stören.

Sie bemerkte zu ihrem Erstaunen, dass immer mehr weiß

gekleidete Berber und Nomaden eintrafen, die an Muads Körper mit einer Ehrenbezeugung vorbeigingen. Wie konnte sich sein Tod so schnell herumsprechen?

Abdullah löste sich aus der Gruppe, verbeugte sich vor Sophie. »Madame, ich habe mit den Behörden alles geklärt. In zwei Stunden bringen wir unseren Meister nach Tamegroute und begraben ihn dort. Alle Schüler werden, wie vorausgeplant, nach der Beerdigung in ihre Heimat zurückfliegen. Die Bruderschaft der Derwische wird uns nach der Zeremonie in Tamegroute ebenfalls verlassen. Madame, darf ich Ihnen einen Rat geben? Sie sollten darauf vorbereitet sein, dass eine große Schar von Trauernden nach der Beerdigung in Ihr Haus einfallen wird, um von Ihnen bewirtet zu werden. Es tut mir sehr leid, Madame, dass Sie Ihren Mann verloren haben, wir unseren Lehrer und die Bruderschaft einen großen Meister.«

»Danke, Abdullah, wenn du noch bei mir bleiben würdest, wärest du mir eine große Hilfe.«

Mit einer kleinen Verbeugung entgegnete dieser: »Bis Morgen, Madame, bin ich bereit.«

Die übrigen Schüler Muads kamen, um von Sophie Abschied zu nehmen. Keiner traute sich, die Frau, die sie alle lieb gewonnen hatten, zu umarmen. Die Tränen liefen allen über das Gesicht. Zu abrupt war für sie der Tod ihres Meisters gewesen. Sie verbeugten sich nach der Art der Berber und bedankten sich für die lange Zeit ihrer Gastfreundschaft.

Danach ging Sophie erschüttert ins Haus, setzte sich neben die noch schlafende Helena und bedauerte nicht nur

sich selbst, sondern auch diese jungen Männer, deren Studium ein so tragisches Ende genommen hatte. Sie weckte Helena sanft. »Mein Kind, wach auf, es ist Morgen.«
Helena schlug die Augen auf und verwirrt, noch halb im Schlaf, murmelte sie: »Großvater ist tot, o Gott, Omi«, damit fiel sie weinend in die Arme von Sophie.
»Nicht weinen, Helena, alles ist gut so, wie es ist, alles ist gut, mein Kind. Geh dich frisch machen und bereite dich fürs Frühstück vor. Wir können nichts tun. Die Freunde des Großvaters sind für ihn da. Es ist eine Männerwelt, Helena, wir müssen das akzeptieren. Die Gnade seines Todes inmitten seiner Brüder sollte auch uns Frieden bringen. Ich werde jetzt deinen Vater anrufen und ihm alles erzählen.«
Sophie ging noch einmal in ihr Schlafzimmer, setzte sich aufs Bett und rief ihren Sohn an. Doch sie konnte Binjamin nur auf seinem Handy eine Nachricht hinterlassen. Eigentlich hätte sie Tarik und den Scheich des Clans von Muad benachrichtigen müssen, aber sie nahm an, dass Abdullah, verantwortungsvoll wie er war, dies alles in der Zwischenzeit bereits erledigt hatte.
Sie hörte das Geräusch mehrerer Autos. Ein großer Wagen für Muads Körper fuhr langsam durch das Tor der Kasbah. Die Weite der Wüste vor den Mauern der Kasbah war erfüllt von Motorrädern. Unzählige Männer in weißen Gewändern warteten darauf, Muad das letzte Geleit zu geben. Jetzt, endlich, konnte Sophie weinen. Helena hatte ebenfalls Motorengeräusche gehört und kam zu Sophie auf den Balkon. Eng umschlungen standen die beiden Frauen und

sahen, wie nach einer Weile das große Auto mit dem Körper von Muad die Kasbah verließ. Eine große Prozession, bestehend aus Autos, Motorrädern, Fahrrädern, fuhr in Richtung Tamegroute, nicht wenig Staub aufwirbelnd, zu Ehren von Muad.

Aus allen Himmelsrichtungen, von den entferntesten Dörfern, kamen die Menschen auf ihren Motorrädern dahergefahren. Es sah aus, als ob sie mit ihren Maschinen über die Wüste fliegen würden. Ihre weißen Mäntel bauschten sich im Wind wie Flügel. Lautlos glitten sie über den weiten, rötlichen Sand. Die Wüste verschluckte alle Geräusche. Die heilige Stätte Tamegroute barg einen Heiligen mehr.

Sophie nahm Helenas Hände und führte sie an ihre Stirn. Leise sagte sie: »Es ist ein Abschied für uns, aber wir haben ihn nicht verloren. Muad lebt in unseren Gedanken weiter. Mein Kind, wir müssen uns jetzt dem Notwendigen zuwenden, uns auf unsere Trauergäste vorbereiten. Willst du mir dabei helfen, Helena?«

»Was für eine Frage, Omi, natürlich.« Damit gingen die beiden in die Küche. Sophie bat Halamit, einen großen Topf Couscous zu kochen, alles vorhandene Gemüse in Öl anzubraten, Keftabällchen aufzutauen. »Dazu können wir auch noch die vorhandene Tomatensuppe anbieten.« Sie rief ihre Freundin Doris an, ob diese ihr aushelfen könne mit ihren Vorräten.

»Natürlich kann ich das, ich bringe, so viel ich kann«, versprach Doris.

Sophie schüttete alle Zutaten für einen englischen Kuchen in eine große Schüssel, die Küchenmaschine erledigte den Rest. Helena hatte inzwischen die Backformen mit Backpapier ausgelegt. Danach schoben sie den Kuchen in den heißen Ofen. Gott sei Dank hatte Halamit bereits das Kaffeegeschirr gespült. Das restliche Geschirr befand sich noch immer im Zelt.

»Halamit, schaust du bitte nach, was wir davon verwenden können?«, bat Sophie.

Minuten später kam Halamit mit einem Stapel gewaschenem Geschirr zurück, auch das Besteck hatten die Beduinen am Brunnen gewaschen. Sophie wusch es noch einmal mit heißem Wasser, obwohl Halamit behauptete, es sei sauber, denn Sand sei kein Schmutz, man könnte diesen schließlich wegblasen. Helena und Halamit deckten danach auf der Veranda die Tische und vorsichtshalber auch noch den großen Tisch in der Halle. Was hatte Muad gesagt? »Das Leben wird weitergehen.« Inschallah, es schien so.

Nach dem Mittagsgebet kamen sie wirklich, als erster Abdullah, in seinem Gefolge Doris, mit überbordenden Tabletts voller Kuchen und Gebäck. Danach, in einer großen Staubwolke, trafen die Nomaden und alle, die Muad nach Tamegroute begleitet hatten, ebenfalls ein.

Wie selbstverständlich setzten sich die Herren an den Tisch. Davor hatten sie sich vor Sophie verbeugt, indem sie ihre Hand auf ihre Herzen legten. Sophie verbeugte sich leicht zurück. Sie fand, dass diese einfachen Männer eine überaus elegante Art besaßen, ihre Ehrerbietung auszudrücken. Der Älteste eines Clans küsste ihr sogar die Hand. »Madame, es tut mir leid.«

Sophie, Halamit, Helena, auch Doris hatten alle Hände voll zu tun, um die Gäste zu bewirten. Diese waren sehr fröhlich, denn für sie war es ein glückliches Fest. Ihr verehrter Muad war heimgekehrt zu Allah.

Sophie erlebte diesen Tag wie in Trance. Sie funktionierte einfach, aber in ihrem Innern war eine große Leere. Nie mehr würde sie seine Stimme hören, ihren Fels nie mehr sehen, nie mehr spüren. Sein schöner Körper, in Leinen gehüllt, war schon in die Erde gebettet worden.

Am Abend schwebten die Beduinen in ihren weißen Gewändern davon. Doris umarmte Sophie und fuhr ebenfalls in ihren heiligen Garten zurück. Als die Sonne unterging und das goldene Licht am Himmel brannte, kehrte wieder Stille in die Kasbah ein. Welch ein Schicksal hat sich zwischen nur zwei Sonnenuntergängen ereignet?, dachte Sophie.

Nun war sie mit Helena, Abdullah und Halamit alleine in diesem großen Haus. Sophie ging in die Küche und wollte anfangen, die Berge von schmutzigem Geschirr zu säubern, aber sie wurde unter lautem Protest aus der Küche gedrängt. »Das machen wir«, sagte Halamit.

Langsam stieg Sophie die Treppe hinauf. In ihrem Zimmer angekommen, klingelte ihr Handy.

»Hallo, Binjamin, mein lieber Sohn. Gut, dass du zurückrufst. Es fällt mir schwer, es dir zu sagen, Muad ist gestern Abend heimgekehrt.« Sie getraute sich nicht zu sagen, dein Vater ist tot.

Nach einer Weile sagte Binjamin betroffen, »Er war ein wunderbarer Vater.« Sie hörte an seiner Stimme, dass er weinte.
»Ja, Binjamin, das war er.« Auch Sophie kämpfte mit ihren Tränen, bevor sie weitersprechen konnte. »Er wurde sehr würdevoll von der Bruderschaft der Derwische, seinen Schülern und Freunden zu Grabe getragen. Sogar die Berber und Nomaden des Draa-Tals erwiesen ihm die letzte Ehre. Du weißt, wir Frauen dürfen nicht ans Grab.«
Binjamin atmete tief durch. »Mutter, ich bin wirklich verzweifelt, ich kann hier nicht sofort weg. Erst in zwei bis drei Tagen habe ich die Möglichkeit, von der Klinik Urlaub zu bekommen. Dann fliege ich sofort zu dir.«
»Das brauchst du nicht, mein Junge, es ist alles Nötige schon geschehen.«
»Aber ich will dich in dieser Situation nicht alleine lassen. Ich komme, sobald ich kann. Ich umarme dich, ich bin in Gedanken bei dir. Grüß mir Helena. Wird sie den Tod des Großvaters überhaupt verkraften?«
Sophie nickte unter Tränen. »Ich denke, deine Tochter wird durch das Geschehen, das sie miterlebt hat, wachsen, wie wir alle. Bis bald, mein Sohn.«
Sophie legte sich nach dem Gespräch auf ihr Bett und dachte, wenn ich jetzt glauben würde, der Tod sei das Ende jedweden Lebens, würde ich Muads Hinscheiden als etwas unendlich grausam Sinnloses empfinden. Er, der nicht nur in meinen Augen ein vollkommener Mensch war, der nur danach gestrebt hatte, seinem geliebten Gott und den Menschen zu dienen, war eigentlich nicht von dieser Welt. Sollte sein Streben, diese geistige Arbeit, diese glühende

Liebe in diesem schönen Körper einfach ins Grab sinken, um danach nicht mehr zu sein, Gott, dann würde ich mit dir hadern, würde den Tod nicht verstehen, auch nicht akzeptieren. Aber so grausam kann Gott nicht sein, sonst wäre da ein Nichts, eine allumfassende Dunkelheit, die alles Leben verschlingen würde.

O Muad, ich hoffe und wünsche für dich, dass du jetzt bei deinem Allah weilst, dass deine Seele von Freunden empfangen wurde und ihr dein irdisches Dasein als gelungen, als Freudenfest feiert. Friede sei mit dir, mein geliebter Muad.

Helena klopfte an die Tür. »Darf ich reinkommen, Omi?« »Ja bitte, komm, mein Kind. Willst du dich nicht zu mir setzen? Ich kann dir nicht sagen, wie froh ich bin, dass du hier bist. Dein Vater lässt dich grüßen, ich habe soeben mit ihm gesprochen. Er kommt, sobald er kann.« Sophie lächelte ihre Enkelin an. »Ich habe gerade gedacht, dass Muad da drüben seine Freunde, alle die großen Sufi-Meister, wiedertreffen wird. Vielleicht sind auch manche wieder inkarniert. Muad hat mir erzählt, es gäbe immer viertausend Heilige auf der Erde, die das Gleichgewicht gegen unsere Unheiligkeit und unsere Dummheit halten. Viertausend Heilige, findest du das nicht auch sehr tröstlich? Viertausend Heilige. Einen davon, mein Kind, haben wir kennengelernt. Ich bin überzeugt, Muad war einer davon.«

»Omi, ich bin sehr traurig, dass Großvater tot ist, ich kann das noch gar nicht begreifen.« Helenas Stimme zitterte.

»Sei nur traurig«, sagte Sophie verständnisvoll. »Es ist ja auch furchtbar, dass wir ihn nicht mehr anfassen können,

seine Stimme für immer stumm sein wird. Aber eines Tages, Helena, werde auch ich gehen müssen. Dies ist leider der Lauf der Welt, dass man geboren wird, dass man als Kind Mühe hat, diese Welt zu begreifen, und wenn man sie einigermaßen begriffen hat, diese Welt, geht man wieder von hinnen. Du hast noch einen langen Weg vor dir, und ich hoffe, ich kann dich noch eine Weile begleiten.«
»Kann ich heute Nacht bei dir schlafen, Omi? Ich habe Angst, alleine zu sein.« »Aber natürlich, mein Kind, es tut auch mir gut, wenn du bei mir bist in so einer Nacht. Wer weiß, was noch alles geschehen wird. Entweder passiert eine lange Zeit nichts im Leben oder es überschlagen sich die Ereignisse. Vielleicht wäre es besser, wir zwei würden so schnell wie möglich nach Marrakesch fahren. In dem großen Haus will ich eigentlich allein nicht bleiben. Muad hat zwar einen Revolver, aber ich kann ja nicht schießen. Ich finde es beruhigend, dass heute Nacht Abdullah noch da ist.«
Die beiden Frauen richteten sich für die Nacht. Sophie holte vorsichtshalber den Revolver aus Muads Zimmer, da fielen ihr die Briefe auf, die auf Muads Schreibtisch lagen. Ein Brief an Tarik, ein Brief an Adul, den Rechtsanwalt des Draa-Tales, ein Brief an sie. Er hatte also gewusst, dass er gehen würde. Ihre Knie fingen an zu zittern, es wurde ihr schwarz vor Augen. Sie hielt sich am Schreibtisch fest. »Du darfst nicht umfallen, Sophie, du musst für dein Enkelkind da sein«, ermutigte sie sich selbst. Langsam gewann sie die Kontrolle über ihren Körper wieder.
Die Briefe wollte sie nicht sehen, nicht lesen. Sie nahm

den Revolver und ging in ihr Zimmer. »So, meine Kleine, wir sind jetzt bewaffnet, uns kann nichts geschehen.« Sie krochen ins Bett und fest umschlungen schliefen sie ein.

Mitten in der Nacht wachte Sophie auf, über ihr breitete sich der dunkelblaue Nachthimmel mit seinen Millionen Sternen aus. Sie konnte es nicht glauben, schloss die Augen, öffnete sie wieder, aber sie sah keine Zimmerdecke, nur der endlose Sternenhimmel strahlte auf sie herab. Muad, dachte sie, ein Gruß von Muad aus der Unendlichkeit. Lange blieb sie in diesen Anblick versunken.

7

Du liebst die Wahrheit
siehst ihr ins Angesicht
in ihren Augen offenbart sich die Welt.

Nikolaus von Flüe

Sophie erwachte sehr früh, schlängelte sich vorsichtig aus dem Bett, um Helena nicht zu wecken. Sorgfältig machte sie sich zurecht, zog eine weite, weiße Hose an und darüber einen weißen Kaftan. Sie legte sich die Korallenkette um, die ihr Muad geschenkt hatte und die sie besonders liebte.
Muad hatte ihr erzählt, dass die Beduinen auf ihren Wegen durch die Wüste die Kamele führten, oder die Kamele sie. Kamele haben ein großes Gespür für die Routen und sind in der Lage, jede mögliche Wasserstelle aufzuspüren. Die Männer ritten nicht auf diesen Tieren. Um ihre Kraftreserven nicht zu erschöpfen, gingen sie nebenher und hielten die Tiere am Halfter.
Ihre Aufmerksamkeit war auf den Boden gerichtet, da im Sand verborgen Korallenkugeln hervorleuchteten, die noch aus der Zeit, als die Wüsten Meere waren, darauf warteten, dass sie eines Tages gefunden wurden. Die No-

maden fädelten die Korallen auf Ketten, gedacht waren sie als Geschenke für ihre Frauen. Doch meistens verkauften sie diese in den Oasen, als Zubrot zu ihrem ziemlich kärglichen Verdienst.

Liebevoll fuhr Sophie über die uralten Korallen. »Danke, Muad, danke für den Sternengruß heute Nacht. Du hast mir Mut gemacht.« In die Tasche ihrer Hose versenkte sie den kleinen Revolver. Sie kam sich sehr kindisch dabei vor, aber irgendetwas in ihr zwang sie, dies zu tun. Sie schaute auf die schlafende Helena, legte ihr einen kleinen Zettel auf den Nachttisch: »Bin unten« und schlich aus dem Zimmer.

Halamit wirkte schon in der Küche. Sie hatte bereits den Tisch auf der Veranda gedeckt. Sie waren heute nur zu viert. Sophie wärmte die Fladenbrote auf. Heute buk sie keine Chapati-Brote, wozu auch? Sie wunderte sich über sich selbst. Sie tat ihre Arbeit, aber alles schien sinnlos. Die Fliegen, die sich sofort auf alles setzten, was sie auf den Tisch brachte, machten sie heute rasend. Am liebsten hätte sie sich hingesetzt und nur noch geweint. Ihre gelassene Stimmung von heute Morgen war dahin.

In dem Moment kam Helena die Treppe herunter. »Guten Morgen, Omi«, sagte sie leise und fiel Sophie um den Hals. »Ich bin so traurig, dass Muad uns verlassen hat. Ich habe das Gefühl, Omi, das ganze Haus weint um ihn.«

Sophie nahm das Gesicht ihrer Enkelin in die Hände und sie schaute in die Augen von Tarik und erschrak. Es war offensichtlich, wer Helenas Großvater war. Es fiel ihr jetzt jeden Tag mehr auf. Leise sagte sie: »Mein liebes Kind, wie

recht du hast, alles weint um ihn.« Sie führte Helena auf die Veranda. »Lass uns frühstücken, bevor die Fliegen alles berührt haben.«
Abdullah gesellte sich zu ihnen. Er hatte das blaue Gewand der Draa-Berber an und einen blauen Turban schwungvoll um seinen Kopf gebunden. Er sah sehr eindrucksvoll aus. Er verbeugte sich in der Art der Berber: »Guten Morgen, Madame, guten Morgen, Helena.«
»Abdullah, ich hoffe, Sie verlassen uns nicht sofort. Es hat uns sehr beruhigt, dass Sie letzte Nacht bei uns waren.«
Abdullah schüttelte bedauernd den Kopf. »Madame, es tut mir leid, ich kann höchstens bis morgen bleiben. Mein Clan braucht mich jetzt, nachdem ich so lange fort war. Im Moment findet die Dattelernte statt, da wird jede Hand gebraucht.«
Sophie dachte, ich darf jetzt nicht nervös werden, sondern muss eines nach dem anderen angehen. In jedem Fall muss ich noch fünf Tage hierbleiben, um am vierten Tag ans Grab gehen zu können.
Sie hatten noch nicht fertig gefrühstückt, da wurde die Stille jäh von Motorengeräuschen unterbrochen. Eine Anzahl Autos und Motorräder brach förmlich in den großen Hof der Kasbah ein. Den Autos entstiegen blau gewandete Männer in Berber-Gewändern, um ihren Kopf hatten sie phantasievoll gemusterte, blaue Turbane geschlungen. Es war ein eigenartiges Bild, aus den modernen Autos entstieg eine alte Welt.
Sich ihrer Würde und Wirkung bewusst, kamen etwa fünfundzwanzig Männer feierlich auf die Veranda zu.

»Was ist denn das, um Gottes willen?«, Sophie griff instinktiv in die Tasche nach ihrem Revolver. »Wollen die uns etwa entführen?«, fragte sie Abdullah entsetzt.

»Keine Angst, Madame, das ist der Clan, die Familie von Muad.«

»Was wollen sie denn hier?«, fragte Sophie.

Da standen die Männer schon vor der Veranda, legten ihre Hand aufs Herz und verbeugten sich. Sophie war beeindruckt. Anscheinend kamen sie in friedlicher Absicht.

»Madame, Frau von Muad, wir sind gekommen, um das Erbe Muads einzufordern. Ich bin der Pascha des Clans und Herr über Millionen von Dattelpalmen«, sagte einer der Männer stolz.

»Wie schön für Sie«, entgegnete Sophie spöttisch. »Was wünschen Sie von mir, Pascha des Clans und Herr von Millionen von Dattelbäumen?«

Der Pascha legte jetzt die Hand auf die Schulter eines Mannes, der neben ihm stand. »Darf ich vorstellen, das ist Adul, der Notar vom Draa-Tal. Er ist hier mit uns, damit Sie verstehen, dass alles rechtmäßig vor sich geht. Sämtlicher Besitz, den Muad sich erarbeitet hat, fällt an den Clan, die Familie zurück. Eine Frau, noch dazu eine Christin, ist nicht erbberechtigt. Sie müssen das Haus sofort verlassen. Hingegen ist die Enkelin von Muad unser Blut. Sie wird bei uns bleiben. Sie gehört zu unserem Clan und ist dann erbberechtigt, wenn wir sie mit einem unserer Brüder verheiraten.«

Helena schaute den Mann mit großen Augen an und klammerte sich ängstlich an ihrer Großmutter fest.

Diese legte schützend ihren Arm um das junge Mädchen.
»Gut, ich habe verstanden, was Ihr wollt, Pascha des Clans. Nun muss ich Euch sagen, ich komme auch aus einem Clan, dem der Hugenotten, die für ihren Glauben gekämpft und im Süden Frankreichs wegen ihres Glaubens gestorben sind und ihres Besitzes beraubt wurden. Mein Herr, Ihr könnt mir mit dem Verlust dieses Hauses nicht drohen. Ich hänge, wie Euer Bruder Muad, nicht an Besitz, aber meine Enkelin ist ein junges, gebildetes, europäisch erzogenes Mädchen, die Kinderärztin werden will. Was sollte dieses junge Geschöpf in Eurem Clan? Die Datteln zählen und unglücklich werden mit einem Mann, den sie nicht lieben kann? Wie ich vermute, können viele von euch nicht einmal schreiben und lesen. Und außerdem«, Sophies Stimme wurde jetzt sehr scharf, »meine Herren, euer König hat 2003 ein neues Familiengesetz erlassen, dass besagt, dass jede Frau ihren Mann frei wählen kann. Solltet ihr es wagen, dieses Mädchen auch nur anzurühren, werde ich euch in eure Füße schießen.«
Sophie riss den kleinen Revolver aus ihrer Hosentasche und richtete ihn auf die Männer, die erschrocken einen Schritt zurückwichen.
»Und im Übrigen«, Sophie sprach weiter, »weiß ich, dass Sie alle vollzählig sein müssen bei solch einer wichtigen Besitzentscheidung. Meines Wissens fehlt noch ein Mitglied eures Clans. Ich zweifle, dass euer Provinznotar genügend befähigt ist!«
Abdullah, der an ihrer Seite gestanden hatte, stellte sich jetzt schützend vor Helena und rief erregt: »Ihr seid ver-

rückt, dieses junge Mädchen gehört nicht zu uns. Ihr Vater lebt in Österreich. Sie ist also Österreicherin, Ausländerin und gehorcht anderen Gesetzen. Außerdem müssen wir mit jeglicher Entscheidung warten, bis Tarik eintrifft. Ihr braucht alle Unterschriften, wenn ihr die Kasbah und das Land zurückhaben wollt.«

Der Pascha von Millionen Dattelbäumen murrte: »Wir haben seit Jahrhunderten unsere eigenen Gesetze, die wir befolgen, und davon lassen wir uns weder von unserem König noch von dieser Frau und von dir, mein Sohn, schon gar nicht abbringen.«

»Habt Ihr denn keinen Respekt vor Eurem Bruder Muad, der erst gestern die Erde verlassen hat?«, fragte Abdullah wütend.

»Auf welcher Seite stehst du eigentlich, Abdullah?«, gab der Pascha ebenso wütend zurück.

»Auf der Seite des Rechts, mein Vater, die Zeit ist nicht stehen geblieben. Vielleicht nur in euren sturen Köpfen. Seht ihr nicht, wie sich das Land entwickelt, eure Kinder in Schulen gehen können, die es früher gar nicht gab? Da wächst eine neue Generation heran, die euch Fragen stellen werden, meine Brüder.«

In diesem Moment unterbrach der Lärm eines landenden Hubschraubers die erregte Diskussion. Abdullah legte beruhigend seine Hand auf Sophies ausgestreckten Arm mit dem Revolver. »Das ist Tarik, wir schaffen das schon.«

Verwirrt sah Sophie ihn an. »Wieso kommt er mit dem Hubschrauber?«, fragte sie Abdullah.

Dieser lächelte gezwungen. »Ich habe mir schon gedacht,

dass mein Vater sich nicht an die Regeln halten wird. Deshalb habe ich gestern mit Tarik noch telefoniert. Er hat versprochen zu kommen – hier ist er!«

Sophie suchte Halt an der Wand hinter ihr, weil ihre Beine ihr den Dienst versagen wollten. Sie sollte jetzt, nach fast vierzig Jahren, ihren Geliebten wiedersehen. Sie war doch inzwischen eine alte Frau ... Um Gottes willen, wie sehe ich aus?, dachte sie.

Da kam Tarik durch die Reihen seines Clans auf sie zugestürmt und blieb vor ihr stehen. Sie blickten sich stumm an, beide zutiefst erschüttert. Sie sahen nicht die Spuren des Alters im Gesicht des anderen. Sophies Herz zog sich zusammen. Auch Tarik brauchte einen Augenblick, um seine Mitte wiederzufinden. Er verbeugte sich vor Sophie mit der Hand auf seinem im Moment wehen Herzen und fragte sie auf Deutsch: »Was ist passiert, Frau meines Bruders?«

Sophie war nicht fähig zu antworten. Sie hatte noch den Revolver in der Hand und deutete damit auf Abdullah. Leise sagte sie: »Er wird dir alles erklären.«

Tarik nahm den Revolver sanft aus ihrer Hand und wandte sich an Abdullah, der beschrieb, was sich hier gerade abgespielt hatte. Als er den Namen der Enkelin erwähnte, sah Tarik Helena, die sich hinter Sophie ängstlich versteckt hielt. Er blickte erstaunt in die dunklen Augen dieses jungen Mädchens. Das war Muads Enkelin? Nach einem Moment drehte er sich um zu seinem Clan. Er war gewohnt, Befehle zu erteilen.

»Meine Brüder, es ist rechtmäßig, dass der Besitz Muads

an euch zurückgeht. Was ihr mit dem Mädchen vorhabt, ist vor dem Gesetz unrecht. Adul, leg die nötigen Papiere auf den Tisch, die wir alle unterschreiben, und zwar sofort!«

Er drehte sich zurück zu Sophie. »Bist du bereit, mit mir zu gehen? Deine Enkelin nehme ich auch mit nach Marrakesch.«

Sophie nickte wortlos.

»Helena«, wandte sich Tarik an das Mädchen, »pack deine Koffer und du ebenfalls, Sophie.«

Sophie, die sich langsam von ihrem Schock erholte, erwiderte: »Ich brauche nur meine Handtasche.«

»Abdullah, begleite die Damen nach oben«, befahl Tarik.

Helena verstaute ihre Sachen, so schnell sie konnte, in ihrem Koffer. Sie war so dankbar, dass sie nach diesem Schreck von hier wegkonnte. Sophie stürmte in Muads Zimmer, ergriff die drei Briefe von Muads Schreibtisch und nur mit ihrer Handtasche kam sie die Treppe wieder herunter.

»Nimmst du nicht mehr mit, Sophie?«, fragte Tarik staunend, der inzwischen seine Unterschrift unter die Vereinbarung gesetzt hatte.

Sophie entgegnete: »Nein, ich nehme nur das mit, was ich unbedingt benötige«, und übergab mit diesen Worten Tarik und Adul die Briefe.

»Hast du ein Auto, Sophie?«, fragte Tarik noch.

»Ja, einen Landrover.«

»Gehört er dir?«

»Ja, ich habe ihn gekauft.«

»Wo sind die Papiere?«
»Im Auto, Tarik.«
Abdullah trug Helenas Koffer und kam mit ihr die Treppe herunter.
»Hier, Abdullah«, damit übergab Tarik ihm Geld. »Du bringst bitte das Auto von Madame zu mir nach Marrakesch, wie du weißt, fahre ich nicht über den Atlas. Du bist jederzeit herzlich willkommen.« Danach drehte er sich zu seinem Clan und sagte auf Englisch: »It's all yours, meine Brüder. Es gehört nun alles euch«, wiederholte er mit einer ausladenden Handbewegung, den Besitz Muads umfassend. Er legte die Hand auf die Schulter von Helena und sagte lächelnd: »Und dieses schöne Kind gehört mir.« Sophie, die hinter ihm herging, dachte, wenn er wüsste, wie wahr das ist. Sie drehte sich noch einmal um und nahm den Anblick der Kasbah, in der sie so lange mit Muad gelebt hatte, bewusst in sich auf, um Abschied zu nehmen.
Der Pilot startete den Hubschrauber. Helena sprang leichtfüßig hinein. Sophie blieb auf halber Strecke hängen, worauf Tarik und Helena sie förmlich hineinzogen. Sie dachte beschämt, jetzt hat er gesehen, wie alt ich bin.
Als sie glücklich im Hubschrauber saßen, drehte sich Tarik zu den beiden Frauen um. »So, das war's. Das hätten wir geschafft. Sophie, ich war ehrlich überrascht, dich mit einem Revolver in der Hand anzutreffen. Wolltest du unseren Clan ausrotten?«
»Ich weiß selbst nicht, warum ich ihn heute Morgen eingesteckt habe«, gab Sophie zu.

»Es sah sehr beeindruckend aus, Sophie«, Tarik lachte schallend. »Dennoch bin ich froh, dass ich rechtzeitig gekommen bin, um eine Eskalation zu vermeiden.« Er lacht immer noch so sorglos wie früher, dachte Sophie.

Der Hubschrauber hob ab, und sie überflogen die Kasbah und den staunenden Clan in den blauen Gewändern, die alle mit offenen Mündern gen Himmel blickten.

»Danke, Tarik«, sagte Sophie, aber der Lärm verschluckte ihre Worte. Sie flogen über Tamegroute, wo Muads Körper tief unter ihnen in Leinen gehüllt in der Erde der Wüste ruhte.

»Omi, was ist denn Tarik für mich?« Helenas Stimme übertönte den Motorenlärm. »Mein Großonkel?«

Tarik drehte sich amüsiert zu ihr um: »Mach mich nicht älter, als ich bin, mein Fräulein. Für dich bin ich Tarik, abgemacht?«, und wie Kinder klatschten sie ihre Handflächen aneinander.

Sie flogen über das Draa-Tal den Bergen entgegen. Nach einer Weile überflogen sie ein Tal mit Millionen von Dattelpalmen. Tarik zeigte nach unten. »Schau, Helena, Agasia, der Besitz des Clans.«

Sophie musste innerlich lachen. Hier residiert also der Pascha, der Besitzer von Millionen von Dattelpalmen.

Helena fragte erstaunt: »Das ist ja voll krass, wer soll denn diese vielen Bäume abernten?«

»Das ist ihr Problem, Helena, sie benötigen Arbeitskräfte, viele junge Leute. Seht ihr das rechts? Die Bani Mountains, die sich bis in die Wüste ziehen.« Irgendwann hörte das fruchtbare Tal auf und es kamen nur noch verschiedenfarbige, metallene Felsen, der sogenannte Antiatlas. Helena schaute staunend aus dem Fenster. Obwohl sie mit dem Auto über den Hohen Atlas gekommen war, sah es von oben wieder ganz anders aus.

Sophie hatte die Augen geschlossen. Vor ihr saß Tarik, der Mann, der tief in ihrem Blut, ihrem Körper, ihrem Denken und Fühlen lebte, der in ihr nie mehr zur Ruhe gekommen war. Ausgerechnet jetzt, wo es eigentlich zu spät war, hatten sie sich wiedergetroffen.

Sie hatte das Gefühl, nur sie selbst sei älter geworden. Tarik hatte sich nicht verändert, nur sein dunkles Haar war jetzt eisgrau. Beide waren sie frei, beide waren sie durch viel Leid gegangen.

Sie flogen jetzt über Quarzazate, und Tarik erklärte Helena, dass hier die großen Filmstudios waren. »Weiter hinten siehst du die Sandberge in allen Farben. Dort wurden die Asterix-Filme gedreht.« – »Oh, die habe ich alle gesehen. Ich liebe vor allem den kleinen Idefix.« Helena schaute begeistert auf die farbigen Sandhügel unter ihr.

»Du siehst«, meinte Tarik, »Marokko hat auch dir etwas zu bieten.«

Helena protestierte: »Ich finde Marokko hochinteressant. Erst die Wüste, dann fruchtbare Täler, dann Felsen, die aussehen wie pures Eisen, und alles ändert sich schnell. Ich habe das Gefühl, die Berge mit ihren grünen, roten und beigen Farben hören gar nicht mehr auf. Es sieht alles so uralt aus.«

»Ist es wohl auch, mein Fräulein«, schmunzelte Tarik. »Der Hohe Atlas ist das älteste Gebirge der Welt.«

Begeistert sprudelte Helena hervor: »Da kann man im Winter bestimmt toll Ski fahren.«
Tariks Miene versteinerte.
Sophie fasste nach Helenas Hand, presste die Lippen zusammen und schüttelte den Kopf. »Sieh mal, da hinten, diese Bergdörfer«, lenkte sie Helena ab. Helena konnte ja nicht wissen, dass Tariks Frau im Winter mit beiden Kindern auf glatter Straße im Hohen Atlas tödlich verunglückt war.
Verwirrt sah sie ihre Großmutter an.
Aber es war Tarik, der antwortete: »Man kann Ski fahren, aber man sollte es lieber lassen, Helena.«
Warum hatte er nicht mehr geheiratet?, fragte sich Sophie unvermittelt, er hätte doch noch mehr Kinder haben können.
»Diese Abgründe unter uns machen mir direkt Angst«, kommentierte Helena und schauderte.
Endlich wurden die Berge wieder grün, das helle Grün der Pinien ergab ein völlig anderes, freundlicheres Bild, aber es tauchte immer noch ein Berg nach dem anderen auf.
»Dieses Gebirge nimmt wirklich kein Ende«, meinte Helena, »noch ein Berg und wieder einer. Über unser Gebirge in Österreich kommt man schneller hinweg.« »Aber es ist auch nicht so abwechslungsreich«, erwiderte Tarik.
»Wo wohnst du eigentlich in Österreich?«
»In Wien natürlich.«
»In Wien?«, Tarik drehte sich zu Sophie um. Er wiederholte. »In Wien? Ich kenne Wien. Wo in Wien, mein Kind?«
»In der St. Annagasse.«

»So, so, in der St. Annagasse.« Ein scharfer Blick traf Sophie, dann drehte er sich wieder nach vorn.
Das muss er jetzt verkraften, dachte Sophie. Er weiß ja nicht, dass Josephine die Wohnung von Dorothee geerbt hatte und diese sie mir geschenkt hat und dass jetzt sein Sohn in ebendieser Wohnung lebt.
Tarik drehte sich erneut um und fixierte Sophie: »Ich glaube, du hast mir sehr viel zu erzählen.«
Helena wurde hellhörig. »Kennt ihr euch denn? Kennt ihr euch schon lange? Den anderen Clan hast du nicht gekannt, Omi, oder?«
Tarik warf heftig ein: »Deine Großmutter und ich haben vor hundert Jahren in Wien studiert. Da ist sie mir leider entwischt. Aber du siehst, mein Kind, wenn man lange genug wartet, kommt man auch ans Ziel. Jetzt habe ich euch beide in meiner Gewalt.« Tarik lachte ein fröhliches selbstbewusstes Lachen. »Ihr zwei gehört mir.«
»Du bist gut, Tarik, aber ich gehöre nur mir«, erwiderte Helena und lachte ebenfalls ihr sorgloses, helles Lachen.
Der Hubschrauber drosselte seine Geschwindigkeit. Marrakesch lag vor ihnen. Er landete in der Nähe eines Golfplatzes.
»So, da wären wir. Bitte aussteigen, meine Damen. Mein Auto hat hier auf mich gewartet.«
Sophie griff nach ihrem Handy. »Entschuldigt, ich muss Theres anrufen, dass wir kommen.« Sie stiegen in Tariks Auto.
»Wir sind überraschenderweise in Marrakesch gelandet, warum, erzähle ich dir, wenn ich zu Hause bin.«

»Sophie, ich habe leider kein Zimmer frei«, entschuldigte sich Theres.
»Was, alles belegt, auch deine Wohnung?«, fragte Sophie verblüfft.
»Tut mir leid, Sophie, ich schlafe selbst schon in der Halle.«
»Danke, Theres, dann müssen wir uns ein Hotel nehmen.« Sie ließ das Telefon sinken und sah Tarik an. »Das fehlt mir gerade noch. Entschuldige, Tarik, in Marrakesch ist irgendein Ärztekongress. Unser Riad ist voll ausgebucht. Kennst du ein Hotel, in dem wir so lange wohnen könnten?«
»Im Hotel Aabi natürlich. Ich habe ja gesagt, ich hätte euch in meiner Gewalt. Mein Haus steht dir zur Verfügung, Sophie.«
Sie hätte gerne gefragt: »Und was gibt es da für Frauen?«, aber vor Helena verbiss sie sich die Frage. Sie war plötzlich viel zu müde, um zu protestieren.
»Du heißt ja genau wie ich, Tarik«, stellte Helena verwundert fest.
»Muad war mein Bruder«, erklärte Tarik lächelnd, »also heiße auch ich Aabi.«
Der Verkehr in Marrakesch war rasant. Fahrräder, Motorräder, Eselskarren, moderne Autos, aber jeder nahm auf den anderen Rücksicht.
Wie in Indien, dachte Sophie, aber nur fast. Autofahren können sie alle besser als die Europäer, denn sie fahren mit mehr Leichtigkeit, nicht so verbissen auf das Rechthaben am Steuer. Sie geben sich Zeichen, lachen, kommunizieren miteinander, der Herr des Eselskarrens und der Mercedesfahrer. Sophie lehnte ihren Kopf an das Autokissen

und dachte, ich bin irgendwie daheim in dieser Stadt. Bin wieder da.

Sie fuhren in die Rue Liberté, zwei Straßen hinter der großen Stadtmauer. Moderne Villen, viel Grün und Blumen, ein großes Tor öffnete sich, und sie fuhren vor das Haus von Tarik. Helena rief begeistert: »Das sieht toll aus! Wow, Tarik, bist du so reich?«

Tarik schmunzelte. »Nun, so reich nun auch wieder nicht, das ist für hiesige Verhältnisse ein ganz normales Haus. Aussteigen, meine Damen. In der Garage ist es zu eng.« Die Garage wirkte wirklich eng.

Er schnappte sich den Koffer von Helena und führte die zwei ins Haus. In der Halle, die sich bis oben zu einer Kuppel öffnete, war es angenehm kühl. An der linken Wand plätscherte ein kunstvoll aus blaugrauem Metall gefertigter Brunnen. Die Wände waren in sanftem Apricot gestrichen, Bögen und Säulen waren graublau eingefasst. Die in großen Quadern geschnittenen Steinplatten des Bodens fügten sich zu einem harmonischen Ganzen. Es wirkte modern, und dennoch befand man sich in einem orientalischen Haus.

Sophie war zum ersten Mal in einem Haus, das Tarik bewohnte. Sie hatten sich in der ganzen Zeit ihrer Liebe bei ihr in der Wohnung in Wien oder in Marrakesch in ihrem Haus getroffen. Nie war sie bei Tarik gewesen.

Links und rechts der Halle führten geschwungene Treppen in das obere Stockwerk. Helena stürmte begeistert in jeden der offenen Räume, die voneinander nur durch orientalische Bögen getrennt waren. An den Wänden entlang zogen sich sofaähnliche Sitzgelegenheiten mit kostbaren Kissen, wie in allen arabischen Häusern; es verbreitete eine gemütliche Atmosphäre.

»Hast du auch einen Swimmingpool, Tarik?«, fragte Helena.

Er lachte. »Natürlich, mein Kind. Die Tür da hinten führt in den Garten.«

Helena rannte sofort los, und von draußen hörte man ihre Freudenschreie.

Sophie und Tarik standen sich zum ersten Mal seit ihrem Wiedersehen allein gegenüber. Er nahm ihre Hand in seine beiden Hände. »Sophie, es tut mir sehr leid, dass du Muad verloren hast. Ich kann mir vorstellen, was er dir bedeutete.« Er fuhr zärtlich über ihren Handrücken. »Es ist wichtig für mich, dass du gerade heute bei mir bist.« Er ließ ihre Hand los. »Entschuldige, Sophie, ich lasse euch jetzt alleine, ich muss noch ins Büro. Aber ich werde am Abend wieder zurück sein.«

Er rief nach seiner Haushälterin. »Wir haben Gäste, Nahima!«

Eine Frau mittleren Alters, gekleidet in den Habit der Frauen Marokkos, mit einem verbissenen Gesicht tauchte auf. Als sie Sophie sah, wurde es auch nicht freundlicher. Aber als Helena begeistert hereinstürzte, hellte sich ihr dunkles Gesicht auf.

»Ich habe einen Kulturschock nach der Kasbah in der Wüste«, lachte Helena wie befreit.

Tarik schaute sie liebevoll an. »Freut mich, mein Fräulein, genieße den Kulturschock. Bis später, meine Damen, Nahima wird sich um alles kümmern.« Damit ließ er sie mit Nahima allein. Diese nahm den Koffer von Helena und ging nach oben. Großmutter und Enkelin folgten ihr brav. Sie zeigte Sophie ein schönes, fliederfarbenes Zimmer und fragte in gebrochenem Französisch: »Keinen Koffer, Madame?«

»Leider nein, nur meine Handtasche«, antwortete Sophie.

»Na, macht nichts, ich bringe, wir haben alles, kommen oft Gäste ohne Koffer von Flughafen.«

Helena führte sie in ein hellblaues Zimmer, welches dieser wieder Laute des Entzückens entlockte. »Omi, das ist voll schön hier! Tarik hat einen richtig guten Geschmack oder einen guten Architekten.«

»Tee, die Damen?«

»Danke, Nahima, sehr gerne.«

Nahima ging geschäftig die Treppe wieder hinunter.

Sophie gähnte verstohlen. »Ich lege mich hin, Helena, ich bin todmüde.«

»Ja, mach das, Omi, ich packe inzwischen meinen Koffer aus und gehe dann schwimmen.«

Sophie sank auf das hohe, breite Bett. Sie fühlte sich wie zerbrochen. Ihr tat alles weh. Eine Weile blieb sie erschöpft liegen, dann legte sie die schwere Korallenkette ab. In diesem Moment kam schon Nahima mit einem Korb voller Kosmetik.

»Argan-Kosmetik, aus dem Atlas, Madame, sehr gut für Gesicht.« Sie brachte einen großen Schlafanzug, einen Bademantel und ein marokkanisches Mantelkleid. »Alles parat, Madame.«

Sophie zog ihren Kaftan und die Hosen aus. Als sie es heute Morgen angezogen hatte, hätte sie nicht gedacht, dass sie es am Nachmittag in Marrakesch, im Haus von Tarik ausziehen würde. Sie schlüpfte in den Bademantel, begab sich ins Bad, stellte sich unter die Dusche und ließ die Ereignisse dieses Tages mit dem heißen Strahl des Wassers von sich abperlen.

Hier kommt wirklich Wasser aus der Dusche. In der Kasbah war es oft nur ein Rinnsal. Auch ich habe einen Kulturschock, dachte sie. Es war ihr noch nicht mal eine Fliege begegnet. Sie wickelte sich in das Handtuch und legte sich auf das Bett.

Nahima brachte den Tee, und Helena hüpfte im Badeanzug die Treppe hinunter.

»Freue mich«, meinte Nahima. »Leben im Haus.«

Sophie dachte, aha, sonst ist es also ruhig hier ohne Leben? Sie wusste nichts von Tarik, aber nach all dem, was heute geschehen war, war es ihr egal. Muad ist tot, und ich bin im Haus von Tarik. Ihre Gedanken verliefen im Nichts, und sie schlief erschöpft ein.

Die Sonne ging langsam unter, und Helena war auf der Liege beim Swimmingpool eingeschlafen. Nahima weckte sie auf und sagte: »Hilfe, du nicht eingecremt! Hast Sonnenbrand, macht nichts, komm in Küche, mit Arganöl und Zitrone alles wieder gut.« Nahima cremte Helena damit ein. »Du musst warten und dann abduschen. Bleibe du hier bei mir in Küche, ich koche dir was Schönes. Auf was du haben Appetit, mein Fräulein?«

»Auf Milchreis mit Apfelkompott. Hast du so was da?«

»Kinderessen!« Nahima schüttelte sich vor Lachen. »Junge Dame dafür ein bisschen zu groß, aber Nahima kann das. Haben Reis, Milch, Zimt, Zucker, Äpfel, die feinsten, vom Hohen Atlas. Zwanzig Minuten, mein Fräulein.«
Während sie kochte, fragte sie Helena aus. Eine richtige Haushälterin muss alles wissen. »Die Frau da oben, die schläft, deine Mutter?«
»Nein, meine Großmutter«, sagte Helena.
»Oh, là, là, sieht gut aus für Großmutter, und wo ist Mutter, deine?«
»In Wien.«
»Aha, Wien, hat Herr studiert, kenn ich. Woher kommt Frau ohne Gepäck?«
Während der Reis kochte, erzählte Helena von ihrem Großvater, der gestorben war und ein großer Sufi gewesen sei. Sufi, das kannte Nahima nicht.
»Ein großer Weiser, weißt du?«
»Hm, kann ich mir vorstellen.«
»Muad war der Bruder von Tarik.«
»Ah, Frau ohne Gepäck Frau von Bruder vom Herrn, verstehe. Aber warum ohne Gepäck, arm?«
»Nein, der Clan hat den Besitz meines Großvaters regelrecht beschlagnahmt. Sophie haben sie rausgeschmissen und mich wollten sie mit einem Berber verheiraten. Kannst du dir das vorstellen?«
»Ja, ja, Familie, Clan, größte Prüfung im Leben, weiß ich. So, mein Fräulein, jetzt weiß ich, warum du Milchreis mit Apfelkompott willst, ist Essen für Trost.« Sie streichelte Helena über ihren Kopf.

»Du schönes Kind, mein Herr dich beschützen, ich weiß. Tarik Aabi guter Mann, musst du wissen.«

»Ja, ich finde ihn auch toll. Er hat uns aus dieser blöden Situation gerettet. Stell dir vor, er landet mit dem Hubschrauber genau neben dem großen Haus in der Wüste.«

»Wo denn, mein Kind?«

»Bei Tamegroute.«

»Oh, heilige Stadt, kenn ich«, und damit servierte Nahima Helena perfekten Milchreis mit Zimt, Zucker und Apfelkompott.

»Weißt du, wenn Herr traurig, er immer Milchreis verlangt.«

»Das kann ich mir bei Tarik gar nicht vorstellen, dass er traurig ist.«

»Oh, Herr oft traurig, gutes Kind, hat er Frau verloren, zwei Kinder, Junge fünfzehn Jahre, Mädchen dreizehn, wollte Ski fahren im Atlas. Auto abgerutscht, alles futsch, tiefer Abgrund, war furchtbar, könnte Enkel haben wie dich.«

Jetzt verstand Helena, warum Sophie im Helikopter die Lippen zusammengepresst und Tarik so seltsam reagiert hatte.

»Herr fährt mit Auto nie mehr über Atlas, deshalb Hubschrauber«, erklärte Nahima. Sie zündete das Licht in der Küche an.

Da fiel die Haustür ins Schloss und Tarik kam in die Küche. »Milchreis? Oh, ich rieche es, hast du noch was für mich, Nahima?«

»Natürlich hab ich.«

Er setzte sich zu Helena an den Tisch, und beide löffelten einträchtig ihren Milchreis. »Hat dich Nahima richtig ausgefragt?«, erkundigte sich Tarik bei Helena.
Diese grinste. »Ja, hat sie.«
Tarik lachte. »Deine Großmutter?«
»Sie schläft.«
»Das ist gut. Wir gehen heute Abend um acht Uhr ins Dar Ritz Lane zum Essen. Das wird dir sehr gefallen. Ich muss bis dahin noch arbeiten. Und, Helena, lass Sophie schlafen. Nach all dem, was passiert ist, ist es die beste Medizin.«
Helena ging in ihr Zimmer, duschte das Öl ab, wusch sich die Haare, was in der Kasbah nicht so gut möglich gewesen war, und richtete sich in Bad und Zimmer gemütlich ein. Hier würde ich gerne den Rest meiner Ferien verbringen, dachte sie.
Tarik gefiel ihr. Sie hatte bemerkt, dass zwischen Sophie und ihm eine komische, geladene Spannung herrschte. Sie hatten zusammen in Wien studiert? Was war damals geschehen?
Sophie hat mir nie etwas von einem Bruder von Muad erzählt. Ich werd schon rauskriegen, was zwischen diesen beiden passiert ist.

8

Der Mensch ist unausgefüllt.
Er ist voller Sehnsucht und ringt um Erfüllung.
Aber einzig die Liebe führt zur Erfüllung ...

Mevlana Celaleddin Rumi

Sophie erwachte aus einem tiefen, traumlosen Schlaf. In diesem Moment wusste sie nicht, wo sie war. Langsam kam das Geschehen des gestrigen und heutigen Tages aus den Tiefen ihres Unterbewusstseins hoch. Muad war tot, und sie war bei Tarik im Haus. Mit dreiundsiebzig Jahren hatte sie Tarik wiedergetroffen. War Muad gestorben, damit sie und Tarik ihre Beziehung klären konnten? Tarik hatte nichts zu klären, sie aber sehr viel, davor hatte sie Angst. Wie sollte sie Tarik alles erklären? Es war alles nur geschehen, weil sie immer vor ihm und seiner männlichen Kraft geflohen war. Sie hatte ihm nie die Chance gegeben, seine Liebe zu beweisen. In ihrer Not hatte sie sich damals in Muads Arme gestürzt. Nur ihm hatte sie die Wahrheit erzählt von ihrer verzweifelten Liebe zu Tarik.

Sie hatte Muads Brief noch nicht gelesen. Es wird Zeit, dachte sie. Mühsam stand sie auf und holte ihn aus ihrer Handtasche. Langsam öffnete sie den Umschlag.

*Geliebte Sophie,
Du siehst, das Leben geht weiter. Lebe es leidenschaftlich! Wehre Dich nicht dagegen. Liebes, es gibt kein Alter. Ich kann mir vorstellen, wie es in Dir aussieht. Stehe zu Deiner Liebe. Ich habe alles gewusst und Dich trotzdem geliebt. Vielleicht hätte ich Dich früher freigeben müssen. Dass ich das nicht tat, bitte ich Dich, mir zu verzeihen. Mein Dank fließt zu Dir.
Allah beschütze Dich auf Deiner weiteren Reise.*   *Muad*

Er war sich also wirklich bewusst, dass er gehen würde. Sophie begann zu weinen. Über das, was war und über alles, was ihr noch bevorstand.

Tarik saß in seinem Arbeitszimmer, den geöffneten Brief von Muad vor sich. Sein großer Bruder, der ihm immer Vorbild gewesen war, der ihm das Studium in Wien ermöglicht hatte, war nun gegangen, und die Frau, die er liebte, war frei. Er begann zu lesen.

*Mein lieber kleiner Bruder Tarik,
ich bitte Dich, als Anwalt, so gut Du kannst, die Rechte von Sophie dem Clan gegenüber zu schützen. Du weißt, ich habe mich von Jugend an aus dieser großen Familie entfernt. Ich habe ein Geschäft mit Teppichen mit Sitz in Marrakesch aufgebaut, das international wertvolle Teppiche versendet. Dieses Geschäft ist auf Sophie und ihren Sohn Binjamin eingetragen. Im Safe des Geschäftes liegen alle notwendigen Papiere. Sophie hat sehr viel mitgearbeitet. Sie weiß über alles Bescheid, nur nicht darüber, dass dieses Geschäft jetzt ihr gehört.*

Nun, mein Bruder, ich lege die Regelung der Hinterlassenschaft in Deine Hände. Schütze Sophie, ihr beide solltet miteinander sprechen. Ich denke, sie hat Dir viel zu erzählen. Bestehe auf der Wahrheit, mein Bruder. Ich danke Dir.
Der Segen Allahs und der Friede Allahs seien mit Dir. Muad

Tarik legte seinen Kopf auf die Tischplatte und auch er weinte um seinen Bruder Muad und um alle, die er verloren hatte. »Bestehe auf der Wahrheit.« Welche Wahrheit? Hat sie mich geliebt? Du kannst sicher sein, Muad, ich werde sie beschützen. Hat sie mich je geliebt? Warum ist sie gleich zwei Mal vor mir ausgerissen? Hat mich einfach im Ungewissen stehen lassen? Das alles kann ich sie jetzt fragen. Zweifelhaft ist nur, ob sie mir antwortet.
Sie ist immer noch schön, dachte er. Sie hat sich etwas bewahrt, was sie so besonders macht. Er legte sich auf die lange Bank in seinem Arbeitszimmer und dachte an Sophie und ihr Wiedersehen damals in Marrakesch in der Hotelhalle des Marmonia.
Wie er sie begehrt hatte, trotz seiner wunderschönen Frau. Was war es, was ihn so an Sophie band? Jeden Abend, zwischen sieben und zehn, wenn er sich die Zeit erschwindeln konnte, rannte er wie ein Junge in ihr Riad, nahm sie, was auch immer sie gerade tat, an der Hand, zerrte sie in ihr Zimmer und sie liebten sich, bis sie einfach nicht mehr konnten. Als ob ich gewusst hätte, dass sie wieder aus meinem Leben verschwinden würde.
O Sophie, wir haben unser Leben verschenkt, weil ich den falschen Weg gegangen bin, zu feige war für eine Entschei-

dung. Mussten deshalb meine Kinder sterben? War das so? War das wirklich so?

Muad, mein großer weisheitsvoller Bruder, du musstest es doch wissen, gewusst haben, wie die Gesetze des Lebens funktionieren. Da, wo du jetzt bist, weißt du es. Er bedeckte sein Gesicht mit beiden Händen und schluchzte hemmungslos.

Nach einer Weile wurde er ruhiger, das Schluchzen verebbte, und eine Energie von tiefem Frieden umgab ihn.

Alles ist gut so, wie es ist, nichts ist falsch im Leben. Du hast keine Zeit verschenkt.

»Danke, Muad.« Tarik war sicher, er hatte seinen Bruder gefühlt.

Sophie zog ihren weißen Kaftan an, obwohl dieser Spuren des Tages nicht verleugnen konnte. In ihrer Handtasche fand sie, Gott sei Dank, ihre Puderdose und den Lippenstift. Vor dem Spiegel dachte sie, mein Alter kann ich nicht verleugnen. Da hilft auch der Lippenstift nicht. Sie legte zuletzt die Korallenkette von Muad wieder um, das einzige Andenken, das sie von ihm besaß.

Es war dumm von ihr gewesen, den Teppich, den Muad geknüpft hatte, einfach in der Halle der Kasbah zurückzulassen. Seine Energie, sein Wissen, seine Liebe hatte Muad in diesen seinen Gebetsteppich hineingeknüpft. Sie musste Abdullah bitten, ihr den Teppich zu bringen, damit etwas von ihm sie in ihr neues Leben begleiten würde.

Sie klopfte an Helenas Zimmertür. »Darf ich eintreten?« Auch sie war entzückt über das hübsche Zimmer, das sie empfing. Wie für ein junges Mädchen geschaffen, dachte sie.

Tariks Stimme drang durchs Haus. »Meine Damen, acht Uhr, wir müssen gehen.«

Helena rief zurück: »Wir kommen! Bist du fertig, Omi?«

Sophie nickte. »Ja, Helena, im Moment habe ich nichts anderes zum Anziehen.«

Sie gingen die Treppe hinunter.

Tarik, der sie unten erwartete, war betroffen von der Schönheit der beiden. »Wir fahren mit dem Taxi. Am Abend finden wir keinen Parkplatz. Du kennst sicher noch das Dar Riz Lane, Sophie, da fahren wir hin.«

Sophie war erstaunt, wie Marrakesch sich in den acht Jahren, die sie nicht hier gewesen war, großzügig und modern ausgebreitet hatte. Man hatte dabei die landesüblichen Farben, dieses warme rötliche Ocker, beibehalten; überall gab es neue große Hotels, die zwar modern aussahen, aber den orientalischen Stil noch ahnen ließen.

Das Dar Riz Lane war eine Art Palais mit einem großartigen Säuleneingang. Als sie eintraten, brannten links und rechts des Weges metallene, mit verschiedenen Mustern durchwirkte Lampen, durch die Kerzenschimmer ein warmes Licht warf. Links und rechts eingefasste Wasserbecken mit Springbrunnen, überall Blumen und Pflanzen. Der Zauber orientalischer Fülle nahm Helena und Sophie gefangen.

Sie wurden in eine Nische des Gartens geführt, an einen großen, runden Tisch, dessen kostbare Tischdecke bis zum Boden reichte. Sie waren umgeben von exotischen, mannshohen Pflanzen, die ein Gefühl von Intimität vermittelten. Sophie genoss diese zauberhafte Atmosphäre. Es war warm, aber nicht zu warm.

Kaum hatten sie Platz genommen, fragte Tarik Helena: »Du wohnst also in der St. Annagasse in Wien?«

»Ja, das ist die Wohnung von Großmutter, die sie von Tante Josephine geerbt hatte«, erzählte Helena eifrig.

Sophie fiel ihr ins Wort: »Von Josephine, die du kennst, diese wiederum hatte sie von Dorothee, die du ja auch noch kennst, geerbt. Und Josephine hat sie mir geschenkt.«

»Woher kennt Tarik Tante Josephine und sogar Tante Dorothee?« Helenas jugendliche Neugier wuchs. Sie spürte, da gab es ein Geheimnis, welches die beiden vor ihr verborgen hielten.

Tarik erwiderte trocken: »Helena, ich kannte sie eben. Wir haben schon ein längeres Leben hinter uns.« Er bestellte für alle das Menü Surprise. »Hier gibt es immer nur ein Menü, müsst ihr wissen. Sophie, magst du Rot- oder Weißwein?«

»Rotwein, bitte.«

Er bestellte jetzt bei einer außergewöhnlich schönen Frau, die sie bediente, eine Flasche marokkanischen Rotwein und für Helena stilles Wasser.

»So, Sophie, jetzt möchte ich gerne wissen, wie und wo du Muad kennengelernt hast?«

»Oh, das weiß ich!« Helena erzählte nun fröhlich die Geschichte, die Muad am Morgen in der Kasbah beim Frühstück erzählt hatte. Wie Sophie in Indien aus dem Restaurant rannte, auf die Straße kotzte und Muad sie umfangen hielt, damit sie nicht umfiel.

»Was hattest du denn?«

»Mir war einfach schlecht«, erklärte Sophie ausweichend. Tarik sah sie forschend an. »Wann war denn das gewesen?« Oh, der Anwalt, dachte sie. »Das weiß ich nicht mehr so genau.« Sie redete schnell weiter. »Wir haben damals in Indien geheiratet. Hier in Marokko wäre es viel schwieriger gewesen, dass ein Moslem eine Christin ehelichte. In Indien war das kein Problem. Muad lebte damals bei seinem Meister in Indien, in Rajasthan, und handelte mit Teppichen aus Kaschmir, die er in viele Länder an seine Kunden weiterleitete. Ich half ihm dabei, übernahm die Büroarbeiten und chauffierte Muad überallhin, da er nur reiten konnte und nicht fahren. Helena, dein Vater wurde in Udaipur geboren.« Sie durfte sich jetzt nicht verhaspeln, musste ja nur das Jahr nennen. »Das war 1968.«

»Und wo habt ihr die ganze Zeit über gelebt?«, hakte Tarik nach. »Wir hätten uns doch treffen müssen, so groß ist Marrakesch nicht.«

Helenas Augen wanderten von einem zum anderen wie beim Tennis. Sie fand diesen verbalen Schlagabtausch irrsinnig spannend.

Sophie versuchte bei der Wahrheit zu bleiben: »Wir waren ja kaum in Marrakesch, Tarik. Bis zum zehnten Lebensjahr von Binjamin lebten wir in Indien, den Sommer verbrachten wir meistens in der großen Wohnung in Wien. Muad hatte auch in Wien Schüler und verkaufte dort auch ganz besondere Teppiche. Binjamin liebte Wien, er wollte weder in Marrakesch noch in Indien leben. Er wollte in Wien zur Schule gehen.«

»Das Kind musste ja ziemlich sprachverwirrt gewesen sein. Wie habt ihr das gelöst?«

Sophie lächelte in Erinnerung an ihren Sohn. »Natürlich sprach er Hindi, er war immer auf internationalen Schulen und sprach dazu noch Englisch, Französisch und Deutsch.«

Das Essen kam, Gott sei Dank, und Sophie konnte sich einen Moment erholen. Sie wollte auf keinen Fall die Geschichte vor Helena ausbreiten.

Die Frühlingsrolle, die serviert wurde, schmeckte grauenhaft. Sophie tauchte sie in die scharfe Sauce, um den Geschmack zu übertönen.

Helena probierte, verzog das Gesicht und sagte: »Das schmeckt ja krass. Das kann ich nicht essen.«

»Lass es einfach stehen, es kommt noch genug«, riet Tarik und wandte sich wieder an Sophie. »Wie ging es weiter? Muad hat mir in seinem letzten Brief geschrieben, du hättest mir viel zu erzählen.«

Sophie erschrak. »Was hat er dir geschrieben? Bitte, Tarik, sag es mir.« Sie schaute ihn so erschrocken an, dass er beruhigend antwortete: »Du sollst mir die Wahrheit sagen.«

»Ich erzähle dir im Moment die Wahrheit«, beteuerte sie. Zugegeben, nicht die volle Wahrheit, dachte sie, aber wie soll ich in Anwesenheit von Helena alles erklären?

Der nächste Gang kam. Salat und Crevetten, dekorativ angerichtet.

»Das kannst du doch essen, Helena?«

»Ja, Tarik, das mag ich«, antwortete Helena und begann genussvoll zu essen. »Und wie ging es mit eurem Sohn weiter?«, kam Tarik wieder auf sein Thema zurück.
Sophie seufzte innerlich. »Als Binjamin dreizehn Jahre alt war, ging er in Wien aufs Gymnasium und ich blieb so lange bei ihm in Wien, bis er sein Abitur gemacht hatte.«
Tarik war erstaunt. »Und Muad war damit einverstanden? Hat ihn das nicht gestört, keine Frau zu haben?«
Er lässt nicht locker, dachte Sophie. Sie widmete sich einige Momente ihrem Salat, dann erklärte sie: »Oh, er hat uns oft besucht, und in den Ferien besuchten wir ihn. In den Weihnachtstagen waren wir immer in Wien. Später studierte Binjamin Medizin und wohnte während des Studiums mit einem Sohn eines Freundes von Muad in unserer Wohnung. Muad hatte zu der Zeit in Ägypten zu tun und wir lebten gemeinsam eine Zeit lang in Kairo. Die letzten acht Jahre aber waren wir in der Kasbah.«
»Und wie ist dieses wunderbare Kind entstanden?« Tarik wies auf Helena. »Binjamin hat schon mit vierundzwanzig Jahren eine Kollegin geheiratet, und Helena ist das Ergebnis ihrer Liebe. So, jetzt weißt du alles. Zumindest fast alles«, fügte sie nach einer kurzen Pause hinzu.
Helenas Telefon klingelte. »Es ist Papa!«, sagte sie nach einem Blick aufs Display.
»Geh bitte nach hinten in den Garten, wenn du telefonieren willst. Hier kannst du nicht sprechen«, Sophie zeigte in die Richtung. »Erzähl ihm, was alles passiert ist, und sag ihm, ich werde ihn morgen früh anrufen.«
Als Helena verschwunden war, legte Sophie ihre Hand auf

Tariks Arm. »Bitte frag nicht weiter. Aber ich möchte nachher mit dir allein sein und über alles mit dir sprechen.«
Tarik nickte. Er nahm Sophies Hand in seine, zog sie an seine Lippen und küsste sie.
In diesem Moment kam Helena zurück. »Vater landet morgen um 14.10 Uhr mit dem Flieger aus Wien.«
Sophie dachte, auch gut so, nicht mehr eingreifen, die Ereignisse verselbstständigen sich, einfach alles geschehen lassen.
Helena und Sophie bekamen Fisch, Tarik ein Steak serviert. Die Speisen waren erlesen und phantasievoll dekoriert.
»Ich habe schon lange keinen Fisch mehr gegessen. Ach, ist das schön, wieder in solch einer Atmosphäre zu sein.« Sophie lehnte sich zurück und seufzte. »Jetzt erst merke ich, dass mir das alles doch gefehlt hat.«
»Ich wundere mich sowieso, Sophie. Warum habt ihr dort in der Wüste so einfach gelebt? Meines Wissens verfügte Muad über mehr als genug Geld.«
»Ich glaube, wegen der Stille und dem Sternenhimmel. Es war so einmalig, die Nächte mit den Sternen zu verbringen.«
Helena legte ihre Gabel beiseite. »Muad saß nächtelang auf dem Dach und zählte die Sterne. Und kannst du dir vorstellen, Tarik, wie lange er da zu tun hatte?«
Tarik lächelte. »Ja, vielleicht.«
»Er liebte nicht nur die Sterne«, fuhr Sophie fort, »sondern auch sein Zelt. Er verbrachte oft die Nächte darin, von der noch intakten Natur der Wüste umgeben. Er war nicht

von dieser Welt, Tarik. Aber, wie ich merke, ich schon. Ich dachte oft, sie sei eine Prüfung oder eine Art Strafe für mich, die Wüste. Besonders die Fliegen habe ich als solche empfunden.«

»Wieso Strafe, Sophie?« Tarik konnte die Frage nicht unterdrücken.

Sophie schüttelte den Kopf. »Lass es gut sein, es ist vorbei.« Sie schaute auf das Steak von Tarik. »Das sieht gut aus, dieses Fleisch.«

»Es ist wunderbar, schmeckt nach Nuss, willst du mal kosten?« Er schnitt ein Stück ab und reichte es in ihren Mund. Durch die Art, wie sie es nahm und er sie dabei anschaute, wurde es Helena klar, die beiden liebten sich.

Sophie kaute verzückt. »Gut, o Gott, ist das gut.«

»Noch eines, Sophie?«

»Ja bitte, noch ein Stück.«

»Isst du immer noch so gerne Apfelstrudel, Millirahmstrudel? Kannst du dich erinnern?«, fragte Tarik leise.

»Ach, hör auf, ich falle gleich um vor Sehnsucht nach einem großen Braunen mit Sachertorte oder Krautfleckerln im Hotel Sacher.«

»So ist deine Großmutter, Helena«, lachte Tarik und wies mit einer Handbewegung auf Sophie, »das haben wir in Wien zu unserer Zeit – es war doch unsere Zeit, Sophie – sehr oft zelebriert.«

»Wieso habt ihr euch überhaupt aus den Augen verloren?«, fragte Helena neugierig.

»Das ist eine gute Frage. Wieso? Ich beantworte deine Frage mal so: weil deine Großmutter immer vor mir ausge-

rissen ist und keine Adresse hinterlassen hat. Das hat sie schon in Wien mit mir gemacht. Und dann in Marrakesch bin ich jeden Tag wie ein Idiot zu Josephine und Theres gerannt, um zu fragen, wo sie war. ›Madame ist verreist‹, haben die zwei mir jedes Mal geantwortet. Nicht einmal Josephine, die mich doch liebte, hat mir verraten, wo Sophie geblieben war.« Er wandte sich an sie: »Jetzt weiß ich es, du warst in Indien und hast meinen Bruder Muad geheiratet. Ein ganz schöner Hammer für mich.«
»Aber Tarik, du warst verheiratet«, warf Sophie ein.
Helenas Augen wurden immer größer.
»Wolltest du mich vielleicht als Zweitfrau? Ich hätte das nicht gekonnt. Entschuldige, Helena, dass du das jetzt mitbekommst. Wir beide haben viel versäumt in unserem Leben«, sagte Sophie.
»Nein, Sophie, wir haben nichts versäumt, nichts verschenkt«, widersprach Tarik. »Es ist gut so, wie es ist.«
»Klingt nach Muad«, meinte Sophie leise lächelnd.
»Ich bin sein Bruder, wenn auch nicht so perfekt.« Tarik lehnte sich zurück. »Meine Damen, wer möchte noch etwas Süßes?«
»Lieber nicht.« Weder Sophie noch Helena war nach dem doch wunderbaren Essen nach einem Nachtisch zumute.
Tarik verlangte die Rechnung und bezahlte. »Also dann«, er stand auf, »fahren wir heim.« Beim Hinausgehen sagte er leise zu Sophie: »Hast du gehört, Sophie, wir beide fahren endlich heim.«
»Pass nur auf, dass ich nicht in Ohnmacht falle über deine Frechheiten.«

Zu Hause angekommen, zog sich Helena sofort in ihr Zimmer zurück. Es war ihr klar, die beiden mussten jetzt allein sein.

»Gute Nacht, ihr zwei, ich genieße jetzt mein schönes Zimmer.«

»Gute Nacht, Helena, schlaf gut«, sagte Sophie und umarmte sie. Als Helena die Stufen hinauflief, bemerkte Tarik halblaut: »Ein intelligentes Mädchen. Kommst du, Sophie?« Er nahm ihre Hand und zog sie sanft hinter sich her. »Gehen wir in mein Arbeitszimmer. Was möchtest du trinken?«

Sophie folgte ihm. »Bitte nur stilles Wasser, ich bin den Wein nicht mehr gewöhnt.«

Er brachte eine Karaffe mit Wasser und Gläser. Nun waren sie beide allein. Verlegen, nach so vielen Jahren, standen sie sich gegenüber.

»Willst du den Brief von Muad lesen, Sophie?«

»Nein, Tarik, danke.« Mit diesen Worten ließ sie sich auf ein Sofa sinken und schaute zu ihm auf. »Komm bitte her zu mir.«

Aber Tarik setzte sich nicht neben sie, stattdessen kniete er sich vor Sophie hin und legte seinen Kopf in ihren Schoß. Seine Arme umfassten ihren Leib. »Nie mehr, Sophie, gehe ich von dir weg. Oh, Sophie. Du musst mir glauben, dass ich dich geliebt habe. Du hast mir jeden Tag gefehlt.«

Sophie fuhr mit ihren Händen durch sein eisgraues Haar, sagte jedoch nichts.

Tarik sah sie forschend an: »Weshalb hattest du kein Ver-

trauen zu mir? Glaubst du nicht, wir hätten es schon damals in Wien auch ohne deine Tante geschafft?«
Sophie atmete tief durch. Jetzt war der Moment gekommen, vor dem sie sich immer gefürchtet hatte.
»Tarik, du warst für mich ein Mann aus einer anderen Kultur, und ich kannte dich zu kurz, um Vertrauen zu dir zu haben. In eurer Religion war es erlaubt, viele Frauen zu haben, zu lieben. Der Stachel der Eifersucht schmerzte in mir seit unserer ersten Begegnung. Leider konntest du meine Angst, eine unter vielen zu sein, in mir nicht ausräumen.« Sie schluckte. »Damals, als ich aus Marrakesch verschwand, war ich schwanger, Tarik. Ich hatte dich gefragt, ob du mich heiraten würdest, worauf du lachend geantwortet hast: ›Ja gern, als Zweitfrau.‹ Erinnerst du dich? Da musste ich gehen. Als Zweitfrau hätte ich nicht leben können, aber ich wollte das Kind, dein Kind, Tarik. Und dann geschah ein Wunder: Ich ging nach Indien und lernte deinen Bruder kennen. Er wusste, dass ich schwanger von dir war, und hat mich geheiratet. Tarik, Binjamin ist dein Sohn. Muad hat ihn geliebt wie seinen eigenen, und Binjamin hat ihn wie einen Vater über alles geliebt. Ich weiß nicht, was ich ohne Muad gemacht hätte.« Jetzt liefen ihr die Tränen über die Wangen. »Diese Lüge hat mich mein Leben lang belastet. Nun weißt du die Wahrheit.«
Tariks Kopf lag nach wie vor in ihrem Schoß. Er war ganz still. Nach einer Weile spürte sie, dass er weinte. Ein Schluchzen erschütterte seinen Körper. Sophie rührte sich nicht. Sie ließ ihm Zeit, sich zu fassen.

Nach einer langen Weile schaute Tarik Sophie an und lächelte unter Tränen: »Ich habe einen Sohn! Damit machst du mich zum glücklichsten Menschen auf der Welt!« Er stand auf und zog Sophie zu sich hoch, dann küsste er sie wie ein Ertrinkender. »Mutter meines Sohnes! Ich liebe dich, ich liebe dich!« Jetzt war er der Tarik von damals. Riss ihr den Kaftan entzwei. Wie ein Sturm nahm er Sophie auf dem Boden seines Büros.
»Tarik, du tust mir weh!«
»Es soll wehtun, mein Weib, meine Frau, meine Geliebte. Ich wollte nur dich. Ich habe dich immer gewollt!« Sein Körper raste in ihr, bis er sich erschöpft in ihr auflöste. »Sophie, jetzt bist du wirklich meine Frau.«
Sie fühlte die Last des geliebten Mannes auf ihrem Leib. Die jahrelange Sehnsucht nach diesem einen hatte sich erfüllt. Sie lag in einem Meer von Tränen, geweinten und ungeweinten, aber auch die Erfüllung tat weh. Sie waren beide nicht mehr jung. Was sollte werden?
»Nicht denken, Sophie, nicht jetzt alles kaputt denken«, sagte Tarik, der ihre Gedanken zu erraten schien. Er sprang auf, holte ein Tuch und bedeckte ihren Körper. »Ich weiß, was du denkst, aber ich akzeptiere es nicht. Wir sind nicht zu alt.«
Auch er hatte ein Tuch malerisch um seinen noch schönen Körper geworfen und setzte sich neben Sophie auf den dicken Berberteppich, auf dem sie gelegen hatten. Er holte mehrere Kissen: »Hier, damit du es bequemer hast.« Sophie zog das Tuch, das Tarik ihr gegeben hatte, bis zum Hals, und sie lehnten sich mit dem Rücken an das Sofa.

»Wenn Binjamin morgen kommt, wirst du es ihm sagen, Sophie?«

Sophie nickte. »Ja, das werde ich, aber es wird nicht einfach. Er wird es vielleicht nicht akzeptieren, weil er Muad so geliebt hat. Er war für ihn ein Vorbild an Toleranz. Binjamin kann mit dem ganzen religiösen Kram nichts anfangen. Er hat als Kind in Indien den Hinduismus erlebt, hier den Islam, in Österreich die katholische Kirche. Er hat sich mit den verschiedenen Glaubensrichtungen auseinandergesetzt. Tarik, dein Sohn ist ein Andersgläubiger. Ich hoffe, du sagst nicht, ein Ungläubiger.«

Tarik schaute Sophie lange nachdenklich an. »Ich bin mir bewusst, dass es vielleicht ein langer Weg sein wird, bis dein Sohn Vater zu mir sagen kann. Erzähl mir von ihm.«

Sophie zog die Knie an und wickelte sich enger in das Tuch. »Muad nahm dieses kleine Menschlein Binjamin nach seiner Geburt in seine Arme und hieß ihn willkommen mit den Worten: ›Möge dein Weg auf der Erde gesegnet sein, Sohn Tariks!‹ Er hat ihn geliebt, ihn sich nach Zigeunerart umgebunden und ihn überall mit hingenommen. ›Ich zeige dem Kind das Leben‹, entgegnete Muad auf meine ängstlichen Einwürfe, dafür sei er doch viel zu klein. ›Um das Leben kennenzulernen, ist man in keinem Alter zu klein.‹

Binjamin war ein gütiges Kind, ich kann mich nicht erinnern, dass er oft geschrien hätte. Von mir hat er nur die Grübchen geerbt, was sehr lustig aussieht, wenn er lacht. Muad nahm ihn mit drei Jahren sogar schon mit zu seinem Meister. Dort saß das Kind mit den Erwachsenen zusam-

men auf dem Boden und hörte zu, obwohl man Hindi sprach, ich mit ihm deutsch redete und Muad französisch. Das Interessante war, meinte Muad stolz, dass er wirklich zuhörte, der kleine Bursche. Muad war das Zentrum von Binjamins Welt. Das änderte sich erst, als er in Wien aufs Gymnasium ging und wir beide viel allein waren. Ab jetzt spielte er den Mann, den Beschützer, er benahm sich manchmal, als sei er mein Vater. Eines Tages sagte er zu mir: ›Mutter, in Indien streben alle nach Erleuchtung. Ich glaube nicht, dass man nur durch Beten und Meditation erleuchtet werden kann. Allein durch die Anforderungen, die das Leben an dich stellt, und wie du diese meisterst, nur durch die Tat kann man meiner Meinung nach vielleicht erleuchtet werden.‹ Er war als Kind in der Gegenwart so vieler heiliger Inder gewesen, dass er unbedingt seinen eigenen Weg gehen wollte.«
Tarik platzte heraus: »Das hat er von mir, Sophie.«
Sie musste herzlich lachen. »Du wirkst nun wirklich nicht wie ein Heiliger. Es ist aber sehr viel von dir in ihm, Tarik. Deine Glut, weißt du. Aber bei ihm hat dieses innere Feuer seinen Wissensdurst ausgelöst. Er war trotz der vielen Sprachen und Länder, in denen wir während seiner Kindheit lebten, der Beste in allen Schulen. Er besitzt eine unheimlich schnelle Auffassungsgabe.«
»Das hat er auch von mir«, meinte Tarik stolz.
»Ja, das hat er von dir«, gab Sophie lächelnd zurück. »Er hat viele von deinen Eigenschaften, nur gehen sie bei ihm in eine andere Richtung. Er hat in Indien so viele Krüppel gesehen, dass er schon als Kind Chirurg werden

wollte. Er wollte diese armen Wesen zusammenflicken, zusammenkleben. Er wollte helfen. Seine Religion ist, wenn du so willst, den Menschen zu dienen.«
»Das ist doch nicht schlecht.«
»Nein, das ist nicht schlecht. Nur nicht unter dem Banner einer Religion. Weder Islam noch Katholizismus noch die Philosophie des Buddhismus.«
»Du meinst, er ist frei von jeglichem Dogmatismus?«
»Ja, so könnte man das ausdrücken.«
»Glaubt er nicht an Allah?«
»Siehst du, du stellst die falsche Frage, Tarik. Er glaubt an Gott und auch an Allah als den einen großen göttlichen Geist, aber mehr glaubt er noch, dass Gott in seinem Herzen wohnt. Du hättest vielleicht bei Muad in die Schule gehen sollen, um deinen Sohn zu verstehen.«
»Sophie, ich habe unsere Liebe immer als etwas Heiliges empfunden. Sie blieb unantastbar trotz unserer verschiedenen Leben und der langen Trennungen. Empfindest du das nicht auch? Ist es nicht im Moment genauso wie damals in Wien?« Er umarmte sie wieder. Unendlich zärtlich streichelte er ihren Körper. Sie zog ihn zu sich und fuhr mit ihren Händen über seine Brust. Sie liebkoste seinen Körper, den sie so liebte, nach dem sie sich ihr Leben lang verzehrt hatte. Sie hatte ihn wieder. Er lag bei ihr, und sie liebten sich auf eine völlig andere Weise. Ihre Körper verschmolzen ineinander, so wurde diese Vereinigung ein heiliger Akt. Lange blieben sie in dieser Umarmung.
»Wenn ich je wieder aufstehen sollte, mein Geliebter, muss ich es jetzt tun«, sagte sie ermattet.

»Und Helena?«, fragte Tarik. »Wer sagt es Helena? Du oder ich?«

»Du Kindskopf! Was würdest du ihr denn sagen?«

Tarik lächelte: »Ich würde sagen: Helena, stell dir vor, ich habe gestern von deiner Großmutter erfahren, dass nicht Muad dein Großvater ist, sondern ich. Ich bin dein glücklicher Großvater, mein Mädchen, was sagst du dazu?«

»Glaubst du, dass ein Mädchen in diesem Alter es so annehmen könnte?«, fragte Sophie zweifelnd. »Lass mich das machen, Tarik. Ein bisschen behutsamer vielleicht.«

»Mir dämmert schon, Sophie, dass mein Bruder Muad in jeder Beziehung mein Kontrahent ist, auch in seinem jetzigen Zustand.«

»Wahrscheinlich wird Muads Größe immer mehr offenbar, mein Lieber. Wenn ich morgen früh überhaupt noch fähig sein will, aufzustehen, muss ich jetzt schlafen. Tarik, du verstehst bitte, dass ich in mein Zimmer gehen werde, weil ich nicht mehr gewohnt bin, neben einem Mann zu schlafen.«

»Daran musst du dich aber gewöhnen, mein Herz.«

»Ja, mein Lieber, aber nicht gleich. Nicht heute. Ich bin eine alte Frau.«

Tarik hielt ihr den Mund zu. »Sophie, sag so was nie mehr.«

»Das wird mir schwerfallen. Übrigens – ich habe morgen nichts mehr zum Anziehen.« Sie stand auf, das Tuch um ihren Körper festhaltend, nahm den Kaftan: »Der ist erst mal hin.«

Tarik gab nach. »Also einverstanden. Du gehst in dein

Zimmer schlafen. Heute, nur heute, und ich besorge morgen früh etwas zum Anziehen für dich.« Er umarmte sie noch einmal heftig.
»Mutter meines Sohnes, geliebte Großmutter einer intelligenten, schönen Enkelin, die du mir heute zum Geschenk gemacht hast. Du kannst dir nicht vorstellen, was das für mich bedeutet. Es ist ein dreifaches Geschenk. Ich danke dir und Allah.«
Sophie sank erschöpft in ihr Bett. Was für ein Tag. Sie würde keine Zeit mehr haben, in der Hängematte zu träumen vom Leben mit Tarik. Der Traum hatte sich erfüllt.

Tarik konnte, nachdem ihn Sophie verlassen hatte, nicht in sein Schlafzimmer gehen. Auch in ihm war nichts mehr so, wie es war. Er blieb in dem Raum, in dem ihm die Frau, der Mensch, der ihn am tiefsten berührt hatte, vom Schicksal zurückgegeben wurde. Geschenkt durch den Tod seines Bruders. Sie hätte ihn an der Seite von Muad vergessen oder Muad hätte in seiner menschlichen Größe sie ganz zu sich ziehen können. Wie unsicher war er gewesen, als er die beiden zusammen traf und von Sophie kein Zeichen kam, dass sie ihn ebenso vermisste wie er sie. Nun hatte sie ihm einen Sohn geschenkt. Wie musste sie sich verlassen gefühlt haben durch seine Feigheit, in dieser Zeit, als ihr bewusst wurde, dass sie von ihm ein Kind bekam. Hätte er damals anders gehandelt, wenn sie es ihm gesagt hätte? Er musste sich eingestehen, dass dies für seine Karriere damals tödlich gewesen wäre: Er hätte gezahlt, aber sich nicht für sie entschieden.

Er stand immer noch in seinem Arbeitszimmer und er wollte kein Bett mehr sehen. Er würde, beschloss er, erst wieder in sein Bett gehen, wenn Sophie neben ihm sein würde, wenn er sie, die er so lange entbehren musste, im Schlaf umschlingen könnte. Das Leben fühlte sich wieder gut an. Tarik, du hast einen Sohn und eine entzückende Enkelin. Aber einfach würde es mit einer Christin an seiner Seite und einem Sohn, der nicht islamischen Glaubens war, in seinem Umkreis, der nur teilweise liberal dachte, nicht werden. Er war immerhin einer der anerkannten Rechtsgelehrten in Marrakesch. In seinen jungen Jahren war er diesen Konfrontationen ausgewichen, aber jetzt im Alter würde er sich stellen. Er dankte Allah und seinem Bruder. Lange blieb er ins Nachdenken über sein Leben mit Sophie und seinem Sohn versunken. Er hatte einen Sohn, aber ob der ihn als Vater anerkannte? Voller Zweifel schlief er auf der Bank in seinem Arbeitszimmer ein.
Sehr früh wachte er auf, ging leise durchs Haus, Nahima musste ihn nicht unbedingt erwischen. Er erfrischte sich in seinem Bad, kaum war er fertig, war auch Nahima schon tätig. Sie wohnte in einem Gästehaus an der linken Seite des Gartens, das er extra für sie gebaut hatte. Nahima verwöhnte ihren Herrn, dem sie sehr dankbar war, nach Herzenslust. Heute Morgen war sie besonders fröhlich. »Haus voll Leben. Monsieur gut geschlafen?« Sie erwartete keine Antwort, während sie den Kaffee einschenkte.
Tarik überlegte, ob er Nahima einweihen sollte. Sie würde es ja sowieso erfahren. Sie war in den letzten Jahren der einzige Mensch in seiner Nähe gewesen. Er holte tief Luft:

»Nahima. Die Frau meines Bruders war meine Jugendliebe. Wir haben vor vielen Jahren in Wien gemeinsam studiert. Und jetzt ist der Weg für uns frei.«
»Ja, Monsieur. Habe gleich gesehen, Monsieur verliebt in Frau von Bruder. Schöne Frau.«
»Zufrieden, Nahima?« Dann aß er seinen Toast, trank seinen Kaffee. »Ich mache Besorgungen für die Damen, und du machst ihnen ein schönes Frühstück im Garten. In Europa ist es jetzt schon kalt. Helena wird es lieben und Frau Aabi auch.« Er kam sich sehr komisch vor, als sagte, Frau Aabi auch.

9

*Absichtslos, nur wahr und ganz bereit
heimatlos in die Heimat zurück
kann die Zukunft beginnen.*

Nikolaus von Flüe

Die Sonne schien durch die dichten Vorhänge. Irgendwo krähte ein Hahn. In den Bäumen vor Sophies Fenster sangen die Vögel. Ach ja, dachte sie schlaftrunken, ich bin in Marrakesch im Haus von Tarik und ich bin, ja, was bin ich, seine Geliebte. Muad hat mir längst verziehen und Gott bestimmt auch.

Sie sprach wie jeden Morgen ihr indisches Gebet.

»Ich beginne diesen Tag,
und alle Dinge sind völlig in Gott getaucht,
in Gott und seinen Überfluss.
Der siegreiche Christus
tritt hervor mit dem Überfluss Gottes,
in jeder Betätigung des Tages.
Ich weiß, dass ich Gottes erhabenes Kind bin.
Jede Bewegung des Heute ist erfüllt von Gott

und von Gottes heiliger Liebe.
Gott! Gott! Gott!
Die große Flamme der Liebe
strömt durch jedes Atom meines ganzen Wesens.
Ich bin die lautere goldene Flamme Gottes.
Ich durchflute mit dieser heiligen Flamme
meinen physischen Körper.
Der siegreiche Christus grüßt dich, Gott, mein Vater.
Friede! Friede! Friede!
Der große Friede Gottes steht erhaben!«

Mit Binjamin hatte sie dieses Gebet jeden Tag gesprochen. Kein Wunder, dass ihr Sohn so geworden war. Gott war für ihn Überfluss und Liebe. Dieses Gebet gab ihr die Kraft für diesen Tag.
Sie duschte, zog ihren Bademantel an und klopfte bei Helena. »Darf ich?«
»Bitte, Oma.« Helena lag noch im Bett.
Sophie setzte sich in einen kleinen Sessel gegenüber und überlegte, wie sie ihr, ohne sie zu verletzen, alles beibringen könnte.
Da kam Helena ihr schon zuvor. »Sophie«, sagte sie, nicht Oma, »Sophie, ich habe gestern gespürt, dass ihr beide eigentlich ein Liebespaar wart. Warum um Gottes willen wart ihr so lange getrennt? Das ist ja grausam.«
»Ja, Helena, es war grausam damals für mich. Als ich Muad in Indien in dem Restaurant kennenlernte, da war ich schwanger von Tarik.«
Helenas Mund öffnete sich in einem großen Staunen.

»Dann ist mein Vater der Sohn von Tarik?« Sie setzte sich mit Schwung im Bett auf. »Das ist doch toll, Sophie, unglaublich, jetzt habe ich zwei Großväter, einen toten und einen, der lebt.«
Sophie saß erleichtert in ihrem Sessel. War es wirklich so einfach?
»Ja, Helena, jetzt hast du zwei Großväter.«
Helena umarmte Sophie. »Auch wenn ich noch jung bin, ich verstehe dich. Ich glaube, ich hätte mich auch in Tarik verliebt. Ich begreife auch, wie viel du Muad bedeutet hast. Aber wie willst du das heute Vater beibringen?«
»Mit deinem Vater wird es nicht so einfach sein, aber Tarik wird ihm gefallen, da bin ich mir sicher. Meinst du, Helena, dass man einem erwachsenen Mann einen neuen Vater einfach so präsentieren kann?«
»Warum nicht?«, fragte Helena unbekümmert. »Du musst ihm halt auch erklären, warum alles so gekommen ist.«
In diesem Moment rief Nahima durchs Haus: »Frühstück, meine Damen!«
»Wir kommen im Bademantel«, rief Helena zurück. Auch das nahm sie Sophie aus der Hand.

Nahima hatte auf der Terrasse zwischen Oleander und roten und weißen Rosen gedeckt. Sophie blieb in der Tür stehen und atmete selig den Duft des Grüns und der Blumen ein. Die Blumen hatte sie am meisten vermisst.
»Guten Morgen, Herr lässt sich entschuldigen, ist etwas besorgen«, begrüßte sie Nahima.
»Ist das nicht schön hier?«, Helena rannte begeistert um

den Pool. »Bei uns ist es schon kalt, fast Winter, und hier ist es Sommer.«

»Ja, aber den Sommer hier kannst du kaum ertragen. Vierzig bis fünfzig Grad Hitze, mein Kind, da liegt man am Tag nur erschlagen herum und tut meistens gar nichts.«

Am Frühstückstisch dachte Sophie, eigentlich kann ich das nicht glauben. Bin ich das wirklich, der das alles geschieht?

Der Kaffee, der hier auch nicht besser schmeckte als in der Kasbah, brachte sie wieder in die Gegenwart.

Helena fragte: »Gibt es hier nicht das marokkanische Fladenbrot?«

»Doch, doch, in der Medina schon, aber anscheinend müssen wir uns mit Weißbrot und Toast zufriedengeben. Die Eier kannst du essen, die schmecken hier sehr gut.«

Auch Sophie nahm ein Ei mit viel Salz und Pfeffer und einem Schuss Butter.

»Du gibst in das Ei auch noch Butter, Omi?«

»Ja, wenn es noch richtig heiß ist, schmeckt das gut.«

»Mhm«, machte Helena zweifelnd. »Und macht dick.«

»Na ja, dich nicht«, gab Sophie zurück. Helena war groß und schmal. Im Profil sah sie aus wie Nofretete. Woher hatte sie das? Vielleicht das ganze orientalische Völkergemisch? Die Berber sind irgendwann aus Ägypten nach Marokko gewandert, dachte Sophie. Wie wird Helena ihr Leben mit diesem Erbe der verschiedenen Kulturen meistern?

In diesem Moment kam Tarik mit vielen Tüten auf die Terrasse. »Guten Morgen, die Damen.«

Helena sprang auf und fiel ihm um den Hals. »Guten Morgen, Großvater.«
Tarik war gerührt und erwiderte die Umarmung. »Mein süßes Kind, mein Enkelkind.« Er hatte Tränen in den Augen.
Helena wollte nicht weinen, aber es lief einfach. Sie schniefte, löste sich von Tarik, nahm eine Serviette vom Tisch und schnäuzte sich etwas heftig die Nase. Alle drei waren dieser Situation nicht ganz gewachsen.
Tarik fasste sich als Erster. »Helena, darf ich dir mein erstes Geschenk überreichen, ein orientalisches Gewand.« Er umarmte Sophie und flüsterte in ihr Ohr: »Ich bin so glücklich, du auch? Ich habe gehört, ein Wüstling hat gestern Nacht Ihren Kaftan zerrissen. Madame, treffen Sie eine Auswahl.« Er übergab ihr mehrere große Tüten. Zu beiden gewandt fuhr er fort: »Es tut mir leid, ich muss euch alleine lassen. Ich würde Binjamin zu gerne am Flughafen abholen, aber ich glaube, du solltest zuerst mit ihm sprechen. Um vier Uhr bin ich wieder da. Das Auto mit dem Chauffeur wird euch rechtzeitig abholen.«
Er nahm Sophie in die Arme und küsste sie auf den Mund. Helena umarmte er und küsste sie in der Art der Berber, vier Mal auf die Wange. »Ciao, mein Kind. Bis später.«
Die beiden Damen trugen mit Nahimas Hilfe die Tüten in ihre Zimmer. Nahima war auch zu Sophie sehr höflich und aufgeschlossen. Nahima war zufrieden: Gut so, endlich passierte was.
Helena leerte die Tüte auf ihr Bett und zog sofort eine grüne Seidenpumphose an, darüber ein Seidenhemd und

darüber wiederum einen bestickten Seidenmantel in einem anderen Grün ohne Ärmel.
Sophie tat dasselbe. Sie leerte den Inhalt der Tüten aufs Bett. Tarik hatte an alles gedacht. Sogar an Unterwäsche und die marokkanischen Schuhe. Verschiedenfarbige Pumphosen mit Kaftanen aus Seide und zu dem jeweiligen Kleid einen langen Seidenschal. Sehr klug, dachte Sophie, damit kann ich meine Figur etwas kaschieren.
Helena stürmte ins Zimmer. »Schau, Sophie, sieht das nicht toll aus?«
Es sah wirklich schön aus. Die verschiedenen Grüntöne harmonierten mit ihren braunen langen Haaren. »Wie eine Haremsdame sehe ich aus, findest du nicht?« »Ja, Kind, aber lieber nicht wie eine Haremsdame, du siehst in jeder Kleidung schön aus, Helena.«
»Und du, Sophie, was ziehst du an?«
»Ich werde hier diesen weiß bestickten Kaftan mit dem blauen Schal in der Farbe der Berber tragen.«
»Du bist wirklich cool, Sophie. Nicht zu fassen, gehst einfach ohne ein persönliches Stück, ohne Kleider, ohne Schmuck aus deinem eigenen Haus!« »Damit habe ich auch alle Erinnerungen zurückgelassen. Das Leben, das ich in der Kasbah geführt habe, abgelegt.«
»Auch die Erinnerung an Muad?«
»Nein, Helena, Muad ist und bleibt, obwohl ich Tarik liebe, in meinem Herzen. Ich werde ihm immer dankbar sein. Es freut mich übrigens, dass du mich von der Omi wieder zu Sophie qualifiziert hast!«
»Ja, meine liebe Sophie«, sagte Helena spöttisch, »wenn

man so verliebt ist wie du, kann man keine Omi mehr sein.«
»Du Berberkind, pass nur auf!«, drohte Sophie.
»Ja, ich passe auf. Ich gehe jetzt schwimmen, bis wir zum Flughafen müssen.«
»Ich rufe derweil Theres an«, beschloss Sophie. Es wurde ein langes Gespräch mit Theres, bis diese begriff, was alles geschehen war.
»Warum kommst du nicht her?«
»So viel Kraft habe ich nicht, Theres, wenn alles gelöst ist, dann komme ich.«
»Soll ich dir ein paar persönliche Sachen bringen?«
»Nein danke, Theres, ich habe alles.«
Sophie hatte komischerweise kein Interesse an ihrem Haus. Es war alles so weit weg, was war, was ihr Leben einstmals erfüllt hatte. Das heißt, womit sie ihr Leben vollgestopft hatte, damit sie Tarik jeden Tag vergessen konnte. Langsam zog sie die Kleider, die Tarik ihr gebracht hatte, an. Sie musste zugeben, dass sie der weiße Kaftan und der blaue Schal sehr gut kleideten. Ihr Haar färbte sie alle vier Wochen und es wirkte weiterhin natürlich blond. Sie war trotz ihres Alters immer noch eine sehr aparte Erscheinung.
Sie setzte sich zur Besinnung in einen Sessel und dachte an ihren Sohn. Wie würde er den Tod von Muad verkraften? Sie wusste, dass Binjamin in Muad tief verankert war, ihn liebte und bewunderte. Nun sollte sie ihm heute sagen, »Dieser Mann ist nicht dein Vater«?
Sie fand es auf einmal schwer und unmöglich. Wie sollte

sie ihm die Lüge ihres Lebens erklären? Wie die Liebe ihres Lebens, ohne Muad zu verraten? Sie konnte nur auf die Güte ihres Sohnes hoffen, auf sein Verständnis. Sophie versank in ihren widerstrebenden Gedanken.
Als es Zeit war, rief sie Helena.
Draußen vor dem Haus wartete die Limousine mit einem Fahrer, was Helena zu einem Ausruf bewegte: »Siehst du, Tarik ist doch reich.«
»Ja, vielleicht, er ist ein berühmter Anwalt, mein Kind.« Sie zitterte vor dem, was ihr bevorstand.
Helena sah sie verständnisvoll an und versuchte sie aufzumuntern. »Ist doch nicht so schlimm, Sophie, entspann dich, ist doch eine coole Situation.«
»Ja, mein Kind, aber ich bin trotzdem aufgeregt.«
Der Verkehr lenkte sie ein bisschen ab, ebenso der Menschenauflauf am Flughafen. Endlich fanden sie den Ausgang, wo sie Binjamin abholen konnten.

Und da war er auch schon. Mein Gott, sieht er gut aus, dachte sie. Er war zweiundvierzig Jahre alt, sehr groß, hatte dunkle, kurze Haare, die braunen Augen von Tarik und unverkennbar etwas Orientalisches in seinem Aussehen.
»Mutter«, er umarmte Sophie, »es tut mir so leid. Helena, mein Kind«, er drückte auch sie heftig.
»Danke, dass du gekommen bist, Binjamin.« Scheu fuhr ihm Sophie über den Kopf.
Auf dem Weg zum Auto fragte Binjamin: »Warum seid ihr eigentlich in Marrakesch und nicht in Tamegroute? Das müsst ihr mir erklären!«

Im Auto schaute Helena auf ihre völlig verkrampfte Großmutter und fragte: »Sophie, darf ich?«
Sophie nickte erleichtert.
Und Helena erzählte ihrem Vater von dem vorletzten Tag in der Kasbah, von den zwölf Derwischen, den Schülern und dem dramatischen Tod von Muad. Sie erzählte davon, wie beeindruckend die Männer Muad zu Grabe getragen hatten und dass Frauen da nicht mitdurften. »Weißt du, Papa, Frauen haben hier keine Rechte.«

Sie schilderte den nächsten Tag, als am Morgen der ganze Clan von Muad auftauchte und der Pascha des Clans Sophie quasi aus dem Haus geworfen hatte. »Und mich, Papa, mich wollten sie behalten, weil das Berberblut in mir fließt und sie mich wahrscheinlich mit so einem Analphabeten verheiraten wollten. Papa, ich hatte wirklich Angst. Sophie hatte einen Revolver und hätte alle niedergeschossen, wenn sie mich nur angerührt hätten. Gott sei Dank kam der Retter, Tarik, mit einem Hubschrauber direkt vor die Kasbah, hat seinen Clan zusammengeschissen und uns mitgenommen nach Marrakesch.«
Sophie wirkte etwas entspannter und sagte: »So kann man es auch sehen, mein Sohn.«
Helena zwinkerte Sophie zu und sprach einfach weiter. »Papa, stell dir vor, was ich gestern Abend selber herausgefunden habe: Tarik und Sophie waren vor langer Zeit einmal ein Paar. Sie haben beide in Wien studiert, und du bist nicht der Sohn von Muad, sondern von Tarik. Ist das nicht cool?«

Sophie schloss die Augen. Die Bombe war geplatzt. Im Auto war es plötzlich still.

Binjamin schaute erst Helena, dann seine Mutter an. »Sehr cool, mein Kind, vor allem, wie einfach du mir das so verklickerst, um es in deiner Sprache zu sagen.«

Helena nahm Sophies Hand. »Siehst du, so einfach ist es. Er weiß es jetzt. Weißt du, Papa, die Omi hatte furchtbare Angst davor, dir das zu sagen.«

Besagte Omi schlug die Augen wieder auf, schwieg jedoch erschlagen. Dann zuckte sie mit den Achseln. »Verzeih mir, mein Junge, vielleicht hätte es bei mir etwas länger gedauert, dir die Geschichte zu erzählen, aber so ist es auch gut.«

Helena ergriff wieder das Wort. »Tarik ist ein toller Mann, Papa, ein richtig cooler Typ!«

Binjamin lächelte. »Na, da bin ich gespannt auf deinen coolen Typen. Weißt du, Mutter, ich hab immer gewusst, dass du ein Geheimnis hattest. Ich habe mich immer über Muad, seine Toleranz und die Freiheit, die er dir gewährte, gewundert. Ich glaube, meine Tochter, Muad ist der coolere Typ.«

Damit waren sie am Haus von Tarik angekommen. Der Chauffeur trug den Koffer ins Haus. Nahima stand in der Halle, um Binjamin zu begrüßen und ihm sein Zimmer zu zeigen.

»Mein Sohn, Binjamin Aabi, das ist Nahima.«

»Ich freue mich, endlich Haus voll. Sie bekommen Suite oben auf linke Seite.«

»Mutter, kommst du mit mir?«, bat Binjamin. »Ich möchte gerne einen Moment mit dir sprechen, ohne dich, He-

lena, du vorwitziges Frauenzimmer«, damit gab er ihr einen leichten Klaps auf die Schulter.
In seinem Zimmer angekommen, umarmte er Sophie. »Es gibt keine Worte, Mutter, für Muads Tod, es tut einfach weh, sehr weh. Ich nehme an, dir auch.« Sophie sagte nichts, sie schaute ihren Sohn nur an. Würde er ihr Vorwürfe machen, dass sie ihn so lange angelogen hatte?
Er spürte, was sie dachte. »Mutter, ich mache dir keinen Vorwurf. Es war dein Leben, deine Entscheidung. Ich nehme an, es war schwierig genug. Ich werde mir den Mann ansehen, den du so geliebt hast und scheinbar immer noch liebst. Ich freue mich, dass du glücklich bist. Das sehe ich dir an.«
Sophie war erleichtert über seine Großherzigkeit. So kannte sie ihren Sohn. »Ich danke dir, Binjamin. Du kannst dir nicht vorstellen, wie mich das mein Leben lang bedrückt hat, zentnerschwere Steine sind von meiner Seele gefallen, dass ich jetzt die Wahrheit sagen konnte und dass du das akzeptieren kannst. So wie Muad das sein Leben lang akzeptiert hat.«
Binjamin strich Sophie mit seiner Hand wie einem Kind tröstend über den Rücken. »Alles gut, Mutter. Ich versuche die Neuigkeiten zu verkraften. Gib mir etwas Zeit. Und ich richte mich außerdem auf die Hitze ein und komme dann nach. Vielleicht gehst du so lange wieder zu Helena?«

Helena empfing Sophie unten in der Halle.
»Und, war's schlimm, Omi, äh, Sophie?«
»Nein. Du kennst doch deinen Vater, der immer alles ver-

steht. Weißt du, mein Kind, du kannst sehr glücklich sein, solche Eltern zu haben in der heutigen Zeit.«
Punkt vier Uhr kam Tarik nach Hause. Er fragte sogleich: »Weiß er es, habt ihr es ihm gesagt?«
»Ja, ich habe ihn aufgeklärt, war ganz leicht!« Helena war wieder mal schneller als ihre Großmutter im Antworten.
»Du?«, fragte Tarik verblüfft. »Ist das wahr, Sophie?«
»Ach, Tarik, sie gab mir einfach keine Chance. Sie hat es auf ihre unkomplizierte Weise gelöst.«
In diesem Moment erschien Binjamin auf der Treppe. Er ging sehr langsam Stufe für Stufe herunter.
Tarik schaute ihm entgegen. Seine Knie zitterten, und er sah diesen starken, jungen Mann, der so aussah wie er selbst in jungen Jahren.
Jetzt stand Binjamin vor diesem Mann, der sein Vater sein sollte. Auch er war nicht unbeeindruckt von der Erscheinung Tariks.
Dieser legte die rechte Hand auf sein Herz, verbeugte sich vor Binjamin. »Willkommen, mein Sohn.«
Binjamin machte auch eine knappe Verbeugung und sagte höflich: »Du verzeihst, wenn es mir schwer möglich ist, nach Muad einen anderen Vater zu akzeptieren.«
»Das verstehe ich«, sagte Tarik leise.
Sie standen voreinander und nahmen ihr Gegenüber mit jeder Faser ihres Seins auf.
Das also ist der Mann, den meine Mutter geliebt hat, liebt und der mein leiblicher Vater sein soll. Binjamin schaute auf seine Mutter, dann auf Tarik, er spürte, dass diese beiden Menschen zueinander gehörten.

Leise fing er an zu sprechen. Er wollte diesen Mann nicht verletzen. »Ich muss dir sagen, Muad war mir mehr als ein Vater. Er hat mich geprägt, war mir Vorbild und Lehrer. Er verkörperte das, was ich mir unter einem vollkommenen Menschen vorstelle.«

»Ich bin nicht vollkommen, Binjamin«, warf Tarik ein. »Ich bin ein einfacher Mann, der deine Mutter liebt.«

Binjamin lächelte spöttisch: »Lass mich raten, aber zu feige warst, als sie ein Kind erwartete, sie zu heiraten.«

»Ich wusste nicht, dass sie ein Kind bekam. Sie verschwand einfach aus meinem Leben. Sie hatte ihre Spuren sehr gut verwischt, aber ich gebe zu, sie hatte mich gefragt, ob ich sie heiraten würde, und ich habe damals geantwortet, ja, als Zweitfrau.«

»Siehst du, das ist ein Grund, weshalb ich in Wien lebe und nicht hier. Hier haben wir die bequeme Seite des Islam. Ihr Männer könnt euch möglichst viele Frauen und uneheliche Kinder halten und leisten. Aber eine Frau, die einen Seitensprung wagt, wird gesteinigt, heute noch. Kannst du verstehen, dass ich so einen Glauben, der von Männern geprägt ist und die Frauen als unmündige Wesen verdammt, verschleiert, verhüllt, nicht akzeptieren kann?«

»Ich gebe zu, mein Sohn, ich habe vieles falsch gemacht in meinem Leben. Aber deine Mutter habe ich immer geliebt. Ich verstehe, dass du vieles im Islam nicht akzeptieren kannst, aber du musst zugeben, dass bei den Christen die Lehre ebenso wie bei Mohammed als Machtinstrument missbraucht wurde und wird.«

O Gott, dachte Sophie, kaum kennen sie sich, driften sie in eine theologische Diskussion ab, und Helena sprang auf, fasste die beiden am Arm: »Freut ihr euch eigentlich gar nicht, dass ihr euch kennenlernt? Papa, du kannst doch Muad trotzdem lieben, aber ich finde, Tarik ist auch nicht so übel.«

Die beiden Männer starrten sie verblüfft an.

»Binjamin, deine Tochter hat recht«, sagte Tarik erleichtert. »Wenn du mich als suchenden Menschen nach Liebe und Toleranz annehmen kannst, als deinen Vater, wäre ich der glücklichste Mensch unter der Sonne Marokkos.« Er ging mit offenen Armen auf Binjamin zu und wiederholte: »Willkommen, mein Sohn!«

Binjamin zögerte, doch dann legte er seine Hände auf Tariks Schultern. »Lass es uns versuchen, vielleicht können wir Freunde werden. Muad war wie du ein Mann des Islam, aber er hat nur Liebe, Toleranz und Verständnis gelehrt. Lass es uns leben. Damit würden wir ihn am meisten ehren.«

Sophie atmete auf. Die beiden Menschen, die ihr am liebsten waren, würden das, was sie voneinander trennte, und das war eine ziemlich tiefe geistige Kluft, überwinden.

Tarik drehte sich zu den beiden Frauen um. »Binjamin, Helena, Sophie, ich bin ein glücklicher Mann! Lasst uns übermorgen zum Grab von Muad fliegen, um gemeinsam von ihm Abschied zu nehmen.«

Als Sophie nach diesem ereignisreichen Tag abends in ihr Bett sank, war sie nur noch dankbar, dass sie nun ihre

Wahrheit leben konnte. Sie zweifelte nicht mehr an der Liebe Tariks.

Nach dem ersten Zusammentreffen hatten sich die beiden Männer in das Arbeitszimmer von Tarik zurückgezogen.

»Wir müssen uns kennenlernen. Ich will alles von dir wissen, Binjamin.«

Tarik vermied es nun, ihn »mein Sohn« zu nennen. Nahima versorgte sie mit allem.

Helena schlich sich immer wieder in die Nähe des Zimmers, um etwas von den Gesprächen der beiden zu erhaschen. Aber sie sprachen Englisch und so musste sie passen. Enttäuscht kam sie zu Sophie ins Zimmer. »Stell dir vor, Sophie, die beiden reden miteinander, auch nicht leise, aber Englisch!«, sagte sie empört.

»Vielleicht kennt dich dein Vater so gut, dass er eine Sprache gewählt hat, die du nicht so gut verstehst.«

»Aber Omi«, sie vergaß, dass sie Sophie nicht mehr Omi nennen wollte, »ich habe die ganze Sache gemanagt, und jetzt schließen sie uns aus!«

»Helena, mein Schätzchen, komm her.« Sophie nahm das hübsche Gesicht von Helena in ihre beiden Hände. »Weißt du, was es für eine Gnade ist, dass diese beiden Männer miteinander reden? In welcher Sprache auch immer, Hauptsache, sie sprechen. Sie müssen sehr viel nachholen und sehr viele Brücken bauen, über die es ihnen möglich sein wird, sich zu begegnen. Es sind Welten, die die beiden, obwohl sie Vater und Sohn sind, voneinander trennen. Habe Geduld, Helena, sie werden deine Liebe immer wieder brauchen. Vielleicht auch dein unkompliziertes

Management, für das ich dir übrigens auch sehr dankbar bin. Deine Gegenwart in diesen Tagen war für mich und bestimmt auch für Tarik wie ein frischer Duft des Frühlings, der unser Leben mit Leichtigkeit und Jugend gestreift hat. Lassen wir also die Männer reden und ziehen uns zurück. Kannst du das verstehen, mein Kind?«
Helena schaute ihre Oma mit etwas feuchten Augen an. »Was bist du nur für eine Frau, Sophie.« Dann sprang sie auf und übertrieben lustig sagte sie: »Der Duft des Frühlings zieht sich in seine Gemächer zurück. Wenn ihr was von mir wollt, müsst ihr mich schon sehr bitten.«
Sophies erster Impuls war, hinter ihr her in Helenas Zimmer zu gehen, sie nicht allein zu lassen, doch dann dachte sie, ein junger Mensch braucht Konfrontation, um zu wachsen, das würde Muad sagen.

Sie sank zurück auf ihr Bett und dachte an Muad. Sie bat ihn, diese beiden Männer da unten in Tariks Arbeitszimmer mit seiner geistigen Gegenwart zu segnen.
Morgen kommen wir nach Tamegroute an deine irdische Ruhestätte, aber, weißt du, da suche ich dich nicht. Ich danke dir für deinen Brief. Ich werde versuchen, in der Zeit, die mir noch bleibt, leidenschaftlich zu leben und zu lieben.
Dank dir, Muad.

Doch alle erfahren nicht das Geheimnis des Weges.
Schabistari

Bitte beachten Sie die
folgenden Seiten

Die Liebe stört das Alter nicht

»Im Fluss des Lebens zu sein, heißt, sich nicht gegen das Leben zu stellen, sondern jeden Moment, wie auch immer er sich zeigt, anzunehmen.«

Die Schriftstellerin Agnes Berg bekommt einen Preis für ihren letzten Roman, in dem sie einfühlsam über das Sterben geschrieben hat. Dann geschieht das Unfassbare: Durch einen tragischen Unfall verliert sie selbst die Menschen, die ihr am nächsten sind – und ihre theoretischen Vorstellungen geraten ins Wanken angesichts der Schwere des Schicksals, das sie trifft. Sie erfährt, dass das Wichtigste im Leben Freunde sind, die die Not mit ihr teilen und sie auffangen. Durch ihre tiefe Trauer öffnet sie sich wieder ihrer Weiblichkeit, die sie lange verleugnet hat.

Ruth Maria Kubitschek
Im Fluss des Lebens

296 Seiten, ISBN 978-3-7844-3154-3
auch als Hörbuch, von der Autorin selbst gelesen:
5 CDs, ISBN 978-3-7844-4182-5, Langen*Müller* | **Hörbuch**

Langen*Müller*   www.langen-mueller-verlag.de

Von der Liebe, der Kraft des Loslassens und der Weisheit Indiens

Anna, eine Obstbäuerin vom Bodensee, fliegt zur Hochzeit ihres Sohnes Andreas nach Rajasthan. Bald fühlt sie eine sonderbare Vertrautheit mit diesem für sie geheimnisvollen Land und seinen Widersprüchen. Kali, die Großmutter der Braut, eine scheinbar harte und kühle Frau, schenkt ihr einen uralten Ring der Familie Singh, in die Anna nun aufgenommen wird. Ein magischer Ring?

Anna wird sich ihrer Kraft, ihrer Weiblichkeit bewusst. Doch dann wird ihr heißgeliebter Sohn vier Tage vor der Hochzeit entführt und im Wald von Ranakpur einem Gottesgericht übergeben – ein Ereignis, das bei allen Betroffenen eine tiefe Wandlung bewirkt. Auch Anna übernimmt wieder die Verantwortung für ihr eigenes Leben und wagt einen ungewöhnlichen Schritt.

Ruth Maria Kubitschek
Der indische Ring

192 Seiten, ISBN 978-3-485-01082-5

Ein Liebesroman voller Humor und Weisheit

»*Das Wunder der Liebe. Erst jetzt weiß ich, was es bedeutet, Liebe zu empfinden, Vertrautheit, das Gefühl des Heimgekommenseins nach einem so langen Leben.*«

Elisabeth hat ihr Leben lang auf ihren Geliebten gewartet. Doch an dem Tag, an dem er sich von seiner Frau trennt und sie ihr gemeinsames neues Leben beginnen wollen, versagt sein Herz. Plötzlich ist Elisabeth allein. Frei. Frei von dem Mann, den sie glaubte, geliebt zu haben? Nach einer Zeit der Trauer startet sie mit zwei Koffern in ein neues Leben – auf Santorin. Doch dann taucht plötzlich ein Mann auf, der all ihre Pläne für die Zukunft durcheinanderbringt.

Ruth Maria Kubitschek
Das Wunder der Liebe
280 Seiten, ISBN 978-3-485-01023-8

www.nymphenburger-verlag.de

Bücher von Ruth Maria Kubitschek

Im Garten der Aphrodite
Ruth Maria Kubitschek schenkte der so unachtsam zerstörten Natur Schönheit – mit einem Garten.
224 Seiten, ISBN 978-3-485-00797-9

Das Flüstern Pans
In ihrem Dialog mit dem Gott der Natur schildert die Schauspielerin Einsichten und Erfahrungen.
240 Seiten, ISBN 978-3-485-00851-8

Ein Troll in meinem Garten
Feinsinnige Märchen, die Verständnis für die Zusammenhänge unseres Seins mit der Natur wecken.
80 Seiten, ISBN 978-3-485-00904-1

Immer verbunden mit den Sternen
Autobiografisch: die Geschichte einer Schauspielerin, die den Sinn des Lebens erkennt.
280 Seiten, ISBN 978-3-485-00667-5

Engel, Elfen, Erdgeister
Märchen und Bilder für das Kind im Erwachsenen und den wissenden Menschen im Kind.
64 Seiten, ISBN 978-3-485-00607-1

Wenn auf der Welt immer Weihnachten wäre ...
Weihnachtsmärchen zwischen Traum und Wirklichkeit.
72 Seiten, ISBN 978-3-485-00720-7

Ein Abend mit Ruth Maria Kubitschek (CD)
Die beliebte Schauspielerin in einer Live-Lesung.
1 CD, ISBN 978-3-7844-4114-6, Langen*Müller* | **Hörbuch**